史上，最讚的

動詞 & 形容詞 韓語

당신이 꼭 배워야 하는
한국어 동사, 형용사

雅典文化

其組合方式有以下幾種：

1.子音加母音，例如：저(我)
2.子音加母音加子音，例如：밤（夜晚）
3.子音加複合母音，例如：위（上）
4.子音加複合母音加子音，例如：관（官）
5.一個子音加母音加兩個子音，如：값（價錢）

1. 為了讓讀者更容易學習發音，本書特別使用「簡易拼音」來取代一般的羅馬拼音。
   規則如下，
   例如：
   그러면 우리 집에서 저녁을 먹자.
   geu.reo.myeon/u.ri/ji.be.seo/jeo.nyeo.geul/meok.jja
   ----------普遍拼音
   geu.ro*.myo*n/u.ri/ji.be.so*/jo*.nyo*.geul/mo*k.jja
   ------------簡易拼音
   那麼，我們在家裡吃晚餐吧！

   文字之間的空格以「/」做區隔。
   不同的句子之間以「//」做區隔。

基本母音：

	韓國拼音	簡易拼音	注音符號
ㅏ	a	a	ㄚ
ㅑ	ya	ya	ㄧㄚ
ㅓ	eo	o*	ㄛ
ㅕ	yeo	yo*	ㄧㄛ
ㅗ	o	o	ㄡ
ㅛ	yo	yo	ㄧㄡ
ㅜ	u	u	ㄨ
ㅠ	yu	yu	ㄧㄨ
ㅡ	eu	eu	(ㄜ)
ㅣ	i	i	ㄧ

特別提示：

1. 韓語母音「ㅡ」的發音和「ㄜ」發音有差異，但嘴型要拉開，牙齒快要咬住的狀態，才發得準。

2. 韓語母音「ㅓ」的嘴型比「ㅗ」還要大，整個嘴巴要張開成「大O」的形狀，「ㅗ」的嘴型則較小，整個嘴巴縮小到只有「小o」的嘴型，類似注音「ㄡ」。

3. 韓語母音「ㅕ」的嘴型比「ㅛ」還要大，整個嘴巴要張開成「大O」的形狀，類似注音「ㄧㄛ」，「ㅛ」的嘴型則較小，整個嘴巴縮小到只有「小o」的嘴型，類似注音「ㄧㄡ」。

基本子音：

	韓國拼音	簡易拼音	注音符號
ㄱ	g,k	k	ㄎ
ㄴ	n	n	ㄋ
ㄷ	d,t	d,t	ㄊ
ㄹ	r,l	l	ㄌ
ㅁ	m	m	ㄇ
ㅂ	b,p	p	ㄆ
ㅅ	s	s	ㄙ,(ㄒ)
ㅇ	ng	ng	不發音
ㅈ	j	j	ㄗ
ㅊ	ch	ch	ㄘ

特別提示：

1. 韓語子音「ㅅ」有時讀作「ㄙ」的音，有時則讀作「ㄒ」的音。「ㄒ」音是跟母音「ㅣ」搭在一塊時，才會出現。
2. 韓語子音「ㅇ」放在前面或上面不發音；放在下面則讀作「ng」的音，像是用鼻音發「嗯」的音。
3. 韓語子音「ㅈ」的發音和注音「ㄗ」類似，但是發音的時候更輕，氣更弱一些。

氣音：

	韓國拼音	簡易拼音	注音符號
ㅋ	k	k	ㄎ
ㅌ	t	t	ㄊ
ㅍ	p	p	ㄆ
ㅎ	h	h	ㄏ

特別提示：

1. 韓語子音「ㅋ」比「ㄱ」的較重，有用到喉頭的音，音調類似國語的四聲。
   ㅋ＝ㄱ＋ㅎ
2. 韓語子音「ㅌ」比「ㄷ」的較重，有用到喉頭的音，音調類似國語的四聲。
   ㅌ＝ㄷ＋ㅎ
3. 韓語子音「ㅍ」比「ㅂ」的較重，有用到喉頭的音，音調類似國語的四聲。
   ㅍ＝ㅂ＋ㅎ

複合母音：

	韓國拼音	簡易拼音	注音符號
ㅐ	ae	e*	ㄝ
ㅒ	yae	ye*	一ㄝ
ㅔ	e	e	ㄟ
ㅖ	ye	ye	一ㄟ
ㅘ	wa	wa	ㄨㄚ
ㅙ	wae	we*	ㄨㄝ
ㅚ	oe	we	ㄨㄟ
ㅞ	we	we	ㄨㄟ
ㅝ	wo	wo	ㄨㄛ
ㅟ	wi	wi	ㄨ一
ㅢ	ui	ui	ㄜ一

特別提示：

1. 韓語母音「ㅐ」比「ㅔ」的嘴型大，舌頭的位置比較下面，發音類似「ae」；「ㅔ」的嘴型較小，舌頭的位置在中間，發音類似「e」。不過一般韓國人讀這兩個發音都很像。

2. 韓語母音「ㅒ」比「ㅖ」的嘴型大，舌頭的位置比較下面，發音類似「yae」；「ㅖ」的嘴型較小，舌頭的位置在中間，發音類似「ye」。不過很多韓國人讀這兩個發音都很像。

3. 韓語母音「ㅚ」和「ㅞ」比「ㅙ」的嘴型小些，「ㅙ」的嘴型是圓的；「ㅚ」、「ㅞ」則是一樣的發音。不過很多韓國人讀這三個發音都很像，都是發類似「we」的音。

硬音：

	韓國拼音	簡易拼音	注音符號
ㄲ	kk	g	ㄍ
ㄸ	tt	d	ㄉ
ㅃ	pp	b	ㄅ
ㅆ	ss	ss	ㄙ
ㅉ	jj	jj	ㄗ

特別提示：

1. 韓語子音「ㅆ」比「ㅅ」用喉嚨發重音，音調類似國語的四聲。
2. 韓語子音「ㅉ」比「ㅈ」用喉嚨發重音，音調類似國語的四聲。

*表示嘴型比較大

CONTENTS

第一章 기본 동사 基本動詞

CONTENTS

第二章 기본 형용사 基本形容詞

CONTENTS

本書各詞彙的基本變化及說明如下：

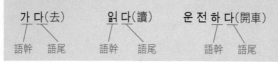

動詞基本變化（以가다、읽다和운전하다為例）

가 다(去)   읽 다(讀)   운 전 하 다(開車)

語幹 語尾   語幹 語尾   語幹 語尾

■ **格式體尊敬形敘述句 −(ㅂ)습니다.**

為敘述形終結語尾，使用在相當正式的場合上，例如演講、開會、播報新聞、生意場合，以及和長輩談話等。

例如：가다(去)→갑니다. 去。

읽다(讀)→읽습니다. 讀。

운전하다(開車)→운전합니다. 開車。

■ **格式體尊敬形疑問句 −(ㅂ)습니까?**

為疑問形終結語尾，使用在疑問句上，用來向聽話者提出疑問。

例如：가다(去)→갑니까? 去嗎？

읽다(讀)→읽습니까? 讀嗎？

운전하다(開車)→운전합니까? 開車嗎？

■ **非格式體尊敬形敘述句 −아/어요.**

為敘述形終結語尾，和格式體尊敬形的「(ㅂ)습니다」相比，雖然較不正式，卻是韓國人日常生活中最常用的尊敬形態。

例如：가다(去)→가요. 去。

읽다(讀)→읽어요. 讀。

운전하다(開車)→운전해요. 開車。

■ 非格式體尊敬形疑問句 一아/어요?

為疑問形終結語尾，使用在疑問句上時，句尾音調要上揚。

例如：가다(去)→가요? 去嗎？

　　　읽다(讀)→읽어요? 讀嗎？

　　　운전하다(開車)→운전해요? 開車嗎？

■ 現在式 一아/어요.

接在語幹後方，表示現在所發生的事情、動作或狀態。當語幹的母音是「ㅏ．ㅗ」時，就接아요；如果語幹的母音不是「ㅏ．ㅗ」時，就接어요；如果是하다類的詞彙，就接여，兩者結合後會變成해。

例如：가다(去)→가요. 去。

　　　읽다(讀)→읽어요. 讀。

　　　운전하다(開車)→운전해요. 開車。

■ 過去式 一았/었/였

在語幹後方加上表示過去時制的「았/었/였」，就是韓語句子的過去式句型。當語幹的母音是「ㅏ．ㅗ」時，就接았；如果語幹的母音不是「ㅏ．ㅗ」時，就接었；如果是하다類的詞彙，就接였，兩者結合後會變成했。

例如：가다(去)→가았어요.(= 갔어요.) 去了。

　　　읽다(讀)→읽었어요. 讀了。

　　　운전하다(開車)→운전했어요. 開車了。

■ 未來式 一(으)ㄹ 거예요.

接在語幹後方，表示主語未來的計畫或個人意志。當語幹以母音或ㄹ結束時，就接ㄹ 거예요，若動詞語幹以子音結束，則接을 거예요。

例如：가다(去)→갈 거예요. 要去。

읽다(讀)→읽을 거예요. 要讀。

운전하다(開車)→운전할 거예요. 要開車。

■ 現在進行式 -고 있다

接在語幹後方，表示某一動作的進行或持續，相當於中文的「正在…」。

例如：가다(去)→가고 있어요. 正在去。

읽다(讀)→읽고 있어요. 正在讀。

운전하다(開車)→운전하고 있어요. 正在開車。

■ 祈使句 -(으)십시오.

為命令形終結語尾，接在語幹後方，表示有禮貌地請求對方做某事。相當於中文的「請您…」。當語幹以母音結束，就接십시오，當語幹以子音結束，則接으십시오。

例如：가다(去)→가십시오. 請您去。

읽다(讀)→읽으십시오. 請您讀。

운전하다(開車)→운전하십시오. 請您開車。

■ 勸誘句 -(으)ㅂ시다.

為勸誘形終結語尾，接在語幹後方，表示向對方提出建議或邀請他人一起做某事。相當於中文的「一起…吧。」。當語幹以母音結束，就接ㅂ시다，當語幹以子音結束，則接읍시다。

例如：가다(去)→갑시다. 去吧。

읽다(讀)→읽읍시다. 讀吧。

운전하다(開車)→운전합시다. 開車吧。

形容詞基本變化(以예쁘다、좋다和건강하다為例)

예 쁘 다(漂亮)　　좋 다(好)　　건 강 하 다

語幹　　語尾　　語幹　語尾　　　　語幹　語尾

■ 格式體尊敬形敘述句 −(ㅂ)습니다.

為敘述形終結語尾,使用在相當正式的場合上,例如演講、開會、播報新聞、生意場合,以及和長輩談話等。

例如:예쁘다(漂亮)→예쁩니다. 漂亮。

　　　좋다(好)→좋습니다. 好。

　　　건강하다(健康)→건강합니다. 健康。

■ 格式體尊敬形疑問句 −(ㅂ)습니까?

為疑問形終結語尾,使用在疑問句上,用來向聽話者提出疑問。

例如:예쁘다(漂亮)→예쁩니까? 漂亮嗎?

　　　좋다(好)→좋습니까? 好嗎?

　　　건강하다(健康)→건강합니까? 健康嗎?

■ 非格式體尊敬形敘述句 −아/어요.

為敘述形終結語尾,和格式體尊敬形的「(ㅂ)습니다」相比,雖然較不正式,卻是韓國人日常生活中最常用的尊敬形態。

例如:예쁘다(漂亮)→예뻐요. 漂亮。

　　　좋다(好)→좋아요. 好。

　　　건강하다(健康)→건강해요. 健康。

■ 非格式體尊敬形疑問句 −아/어요?

為疑問形終結語尾，使用在疑問句上時，句尾音調要上揚。

例如：예쁘다(漂亮)→예뻐요? 漂亮嗎？

좋다(好)→좋아요? 好嗎？

건강하다(健康)→건강해요? 健康嗎？

■ 現在式 −아/어요.

接在語幹後方，表示現在所發生的事情、動作或狀態。當語幹的母音是「ㅏ.ㅗ」時，就接아요；如果語幹的母音不是「ㅏ.ㅗ」時，就接어요；如果是하다類的詞彙，就接여，兩者結合後會變成해。

例如：예쁘다(漂亮)→예뻐요. 漂亮。

좋다(好)→좋아요. 好。

건강하다(健康)→건강해요. 健康。

■ 過去式 −았/었/였

在語幹後方加上表示過去時制的「았/었/였」，就是韓語句子的過去式句型。當語幹的母音是「ㅏ.ㅗ」時，就接았；如果語幹的母音不是「ㅏ.ㅗ」時，就接었；如果是하다類的詞彙，就接였，兩者結合後會變成했。

例如：예쁘다(漂亮)→예뻤어요. (以前)漂亮。

좋다(好)→좋았어요. (以前)好。

건강하다(健康)→건강했어요. (以前)健康。

■ 未來式 −(으)ㄹ 거예요.

接在形容詞語幹後方時，表示說話者依自己的經驗，對某一事實作出推測，相當於中文的「好像…／應該…」。當語幹以母音

或ㄹ結束時，就接ㄹ 거예요，若動詞語幹以子音結束，則接을
거예요。

例如：예쁘다(漂亮)→예쁠 거예요. 應該很漂亮。

　　　좋다(好)→좋을 거예요. 應該很好。

　　　건강하다(健康)→건강할 거예요. 應該健康。

■ 否定形變化 －지 않다

接在語幹後方，用來否定某一動作或狀態，相當於中文的
「不…」。

例如：예쁘다(漂亮)→예쁘지 않다. 不漂亮。

　　　좋다(好)→좋지 않다. 不好。

　　　건강하다(健康)→건강하지 않다. 不健康。

■ 冠詞形變化 －ㄴ／은

接在語幹後方，用來修飾後面出現的名詞，相當於中文的「…的…」。
當語幹以母音結束時，就接ㄴ；當語幹以子音結束時，就接은。

例如：예쁘다(漂亮)→예쁜 漂亮的 N。

　　　좋다(好)→좋은 好的 N。

　　　건강하다(健康)→건강한 健康的 N。

■ 假定形變化 －(으)면

接在語幹後方，表示條件或假設，相當於中文的「如果…」。當語
幹以母音或ㄹ結束時，就接면；當語幹以子音結束時，就接으면。

例如：예쁘다(漂亮)→예쁘면 如果漂亮的話…

　　　좋다(好)→좋으면 如果好的話…

　　　건강하다(健康)→건강하면 如果健康的話…

당신이 꼭 배워야
하는 한국어
동사, 형용사

第 一 章
기본 동사
基本動詞

가다

ga.da
去／往

시집 가다　si.jip/ga.da　嫁

Track 007

基本變化

格式體尊敬形敍述句	갑니다.
格式體尊敬形疑問句	갑니까?
非格式體尊敬形敍述句	가요.
非格式體尊敬形疑問句	가요?
現在式	가요.
過去式	갔어요.
未來式	갈 거예요.
現在進行式	가고 있어요.
祈使句	가십시오.
勸誘句	갑시다.

會話

A : 어디 가요?
　　o*.di/ga.yo
B : 회사에 가요.
　　hwe.sa.e/ga.yo
A : 같은 방향이니까 같이 가요.
　　ga.teun/bang.hyang.i.ni.ga/ga.chi/ga.yo

◆中譯◆

A：你要去哪裡？
B：去上班。
A：我們同方向，一起走吧。

例句

다음 주에 서울에 갈 거예요.
da.eum/ju.e/so*.u.re/gal/go*.ye.yo
我下周要去首爾。

이따가 학교 도서관에 갈 거예요.
i.da.ga/hak.gyo/do.so*.gwa.ne/gal/go*.ye.yo
我等一下要去學校圖書館。

가르치다

ga.reu.chi.da

教/指導

反義詞

배우다　be*.u.da　學習

Track 008

基本變化

格式體尊敬形敍述句	가르칩니다.
格式體尊敬形疑問句	가르칩니까?
非格式體尊敬形敍述句	가르쳐요.
非格式體尊敬形疑問句	가르쳐요?
現在式	가르쳐요.
過去式	가르쳤어요.
未來式	가르칠 거예요.
現在進行式	가르치고 있어요.
祈使句	가르치십시오.
勸誘句	가르칩시다.

會話

A : 무슨 일을 하십니까?
mu.seun/i.reul/ha.sim.ni.ga

B : 저는 중학교에서 영어를 가르칩니다.
jo*.neun/jung.hak.gyo.e.so*/yo*ng.o*.reul/ga.reu.chim.
ni.da

◆中譯◆
A : 您在做什麼工作呢？
B : 我在國中教英語。

例句

선배님, 이걸 좀 가르쳐 주실 수 있어요?
so*n.be*.nim//i.go*l/jom/ga.reu.cho*/ju.sil/su/i.sso*.yo
前輩，可以教教我這個嗎？

길 좀 가르쳐 주세요.
gil/jom/ga.reu.cho*/ju.se.yo
請告訴我路怎麼走。

가져가다

ga.jo*.ga.da
帶去／拿去

가져오다　ga.jo*.o.da　帶來／拿來

Track 009

基本變化

格式體尊敬形敘述句	가져갑니다.
格式體尊敬形疑問句	가져갑니까?
非格式體尊敬形敘述句	가져가요.
非格式體尊敬形疑問句	가져가요?
現在式	가져가요.
過去式	가져갔어요.
未來式	가져갈 거예요.
現在進行式	가져가고 있어요.
祈使句	가져가십시오.
勸誘句	가져갑시다.

會話

A : 밖에 비가 오니까 이 우산을 가져가세요.
　　ba.ge/bi.ga/o.ni.ga/i/u.sa.neul/ga.jo*.ga.se.yo
B : 고마워요. 잘 쓸게요.
　　go.ma.wo.yo//jal/sseul.ge.yo

✦中譯✦
A : 外面在下雨，這把雨傘你拿走吧。
B : 謝謝，我會好好使用。

例句

빨리 책 좀 가져가요.
bal.li/che*k/jom/ga.jo*.ga.yo
快點把書拿走。

그가 내 지갑을 가져갔어요.
geu.ga/ne*/ji.ga.beul/ga.jo*.ga.sso*.yo
他把我的皮夾拿走了。

가지다

ga.ji.da
拿／具備

同義詞

갖다 gat.da 拿／具備

Track 010

基本變化

格式體尊敬形敍述句	가집니다.
格式體尊敬形疑問句	가집니까?
非格式體尊敬形敍述句	가져요.
非格式體尊敬形疑問句	가져요?
現在式	가져요.
過去式	가졌어요.
未來式	가질 거예요.
現在進行式	가지고 있어요.
祈使句	가지십시오.
勸誘句	가집시다.

A : 왜 맨날 카메라를 가지고 다녀요?
we*/me*n.nal/ka.me.ra.reul/ga.ji.go/da.nyo*.yo
B : 좋은 풍경을 보면 바로 찍어놓으려고요.
jo.eun/pung.gyo*ng.eul/bo.myo*n/ba.ro/jji.go*.no.eu.
ryo*.go.yo

◆中譯◆

A：你為什麼每天都帶相機呢？
B：如果看到美麗的風景，我想馬上拍下來。

음식을 가지고 들어갈 수 없어요.
eum.si.geul/ga.ji.go/deu.ro*.gal/ssu/o*p.sso*.yo
不可以帶食物進入。

다른 자격증을 가지고 있어요?
da.reun/ja.gyo*k.jjeung.eul/ga.ji.go/i.sso*.yo
你有其他的資格證嗎？

갈아입다

ga.ra.ip.da
換穿(衣服)

옷을 갈아입다　o.seul/ga.ra.ip.da　換衣服

Track 011

基本變化

格式體尊敬形敘述句	갈아입습니다.
格式體尊敬形疑問句	갈아입습니까?
非格式體尊敬形敘述句	갈아입어요.
非格式體尊敬形疑問句	갈아입어요?
現在式	갈아입어요.
過去式	갈아입었어요.
未來式	갈아입을 거예요.
現在進行式	갈아입고 있어요.
祈使句	갈아입으십시오.
勸誘句	갈아입읍시다.

會話

A : 나 옷 좀 갈아입고 나올게.
　　na/ot/jom/ga.ra.ip.go/na.ol.ge
B : 오분만 기다릴 거니까 빨리 나와.
　　o.bun.man/gi.da.ril/go*.ni.ga/bal.li/na.wa

中譯◆
A : 我換個衣服就出來。
B : 只等你五分鐘，快點出來。

 例句

방금 화장실에서 옷을 갈아입었어요.
bang.geum/hwa.jang.si.re.so*/o.seul/ga.ra.i.bo*.sso*.yo
我剛才在化妝室換好衣服了。

더러우니까 옷 좀 빨리 갈아입어요.
do*.ro*.u.ni.ga/ot/jom/bal.li/ga.ra.i.bo*.yo
很髒，你快點換衣服。

갈아타다

ga.ra.ta.da

換乘

바꿔타다　ba.gwo.ta.da　換乘／換車

Track 012

基本變化

格式體尊敬形敘述句	갈아탑니다.
格式體尊敬形疑問句	갈아탑니까?
非格式體尊敬形敘述句	갈아타요.
非格式體尊敬形疑問句	갈아타요?
現在式	갈아타요.
過去式	갈아탔어요.
未來式	갈아탈 거예요.
現在進行式	갈아타고 있어요.
祈使句	갈아타십시오.
勸誘句	갈아탑시다.

會話

A : 여기서 명동에 어떻게 가요?
　　yo*.gi.so*/myo*ng.dong.e/o*.do*.ke/ga.yo
B : 버스로 갈아타셔야 됩니다.
　　bo*.seu.ro/ga.ra.ta.syo*.ya/dwem.ni.da
A : 몇 번 버스예요?
　　myo*t/bo*n/bo*.seu.ye.yo
B : 888번 버스를 타세요.
　　pal.be*k.pal.ssip.pal.bo*n/bo*.seu.reul/ta.se.yo

中譯 ◆
A : 怎麼從這裡到明洞？
B : 您必須換搭公車。
A : 幾號公車呢？
B : 請搭888號公車。

 例句

버스 갈아타는 곳은 어디 있습니까?
bo*.seu/ga.ra.ta.neun/go.seun/o*.di/it.sseum.ni.ga
轉搭公車的地方在哪裡？

감사하다

gam.sa.ha.da
感謝／謝謝

고맙다　go.map.da　謝謝

Track 013

基本變化

格式體尊敬形敘述句	감사합니다.
格式體尊敬形疑問句	감사합니까?
非格式體尊敬形敘述句	감사해요.
非格式體尊敬形疑問句	감사해요?
現在式	감사해요.
過去式	감사했어요.
未來式	감사할 거예요.
現在進行式	감사하고 있어요.
祈使句	감사하십시오.
勸誘句	감사합시다.

A : 도와 주셔서 정말 감사합니다.
　　do.wa/ju.syo*.so*/jo*ng.mal/gam.sa.ham.ni.da
B : 도움이 돼서 저도 기쁩니다.
　　do.u.mi/dwe*.so*/jo*.do/gi.beum.ni.da

中譯 ✦

A : 真的謝謝您的幫助。
B : 我也很高興能忙得上忙。

句

대단히 감사합니다.
de*.dan.hi/gam.sa.ham.ni.da
非常感謝您。

감사하는 마음으로 살아가겠습니다.
gam.sa.ha.neun/ma.eum.eu.ro/sa.ra.ga.get.sseum.ni.da
我會以感激的心活下去。

걱정하다

go*k.jjo*ng.ha.da

擔心／操心

類義詞

염려하다　yo*m.nyo*.ha.da　掛念／擔心

Track 014

基本變化

格式體尊敬形敘述句	걱정합니다.
格式體尊敬形疑問句	걱정합니까?
非格式體尊敬形敘述句	걱정해요.
非格式體尊敬形疑問句	걱정해요?
現在式	걱정해요.
過去式	걱정했어요.
未來式	걱정할 거예요.
現在進行式	걱정하고 있어요.
祈使句	걱정하십시오.
勸誘句	걱정합시다.

會話

A : 재중아, 조심해서 가. 도착하면 꼭 전화해.
je*.jung.a//jo.sim.he*.so*/ga//do.cha.ka.myo*n/gok/
jo*n.hwa.he*

B : 걱정하지 마세요. 다녀올게요.
go*k.jjo*ng.ha.ji/ma.se.yo//da.nyo*.ol.ge.yo

◆中譯◆

A : 在中啊，去要注意安全。到了一定要打電話。
B : 別擔心，我走了。

例句

너무 걱정하지 않으셔도 됩니다.
no*.mu/go*k.jjo*ng.ha.ji/a.neu.syo*.do/dwem.ni.da
您可以不用太擔心。

동생이 너무 걱정돼요.
dong.se*ng.i/no*.mu/go*k.jjo*ng.dwe*.yo
很擔心弟弟。

건너다

go*n.no*.da

越過／渡過

慣用語

길을 건너다　gi.reul/go*n.no*.da　過馬路

Track 015

基本變化

格式體尊敬形敘述句	건넙니다.
格式體尊敬形疑問句	건넙니까?
非格式體尊敬形敘述句	건너요.
非格式體尊敬形疑問句	건너요?
現在式	건너요.
過去式	건넜어요.
未來式	건널 거예요.
現在進行式	건너고 있어요.
祈使句	건너십시오.
勸誘句	건넙시다.

A : 이 근처에 우체국이 있습니까?
i/geun.cho*.e/u.che.gu.gi/it.sseum.ni.ga
B : 있습니다. 이 길을 건너서 오른쪽으로 5분쯤 가면
보일 거예요.
it.sseum.ni.da//i/gi.reul/go*n.no*.so*/o.reun.jjo.geu.ro/
o.bun.jjeum/ga.myo*n/bo.il.go*.ye.yo

中譯◆
A : 這附近有郵局嗎？
B : 有，過了這條馬路後，向右走約五分鐘就可以看到。

지금 길을 건너도 돼요?
ji.geum/gi.reul/go*n.no*.do/dwe*.yo
現在可以過馬路嗎？

횡단보도를 건너면 바로 보여요.
hweng.dan.bo.do.reul/go*n.no*.myo*n/ba.ro/bo.yo*.yo
過人行道後就會看到了。

걷다

go*t.da

走(路)

달리다　dal.li.da　奔跑

Track 016

基本變化

格式體尊敬形敘述句	걷습니다.
格式體尊敬形疑問句	걷습니까?
非格式體尊敬形敘述句	걸어요.
非格式體尊敬形疑問句	걸어요?
現在式	걸어요.
過去式	걸었어요.
未來式	걸을 거예요.
現在進行式	걷고 있어요.
祈使句	걸으십시오.
勸誘句	걸읍시다.

> A : 여기서 걸어가면 머나요?
> yo*.gi.so*/go*.ro*.ga.myo*n/mo*.na.yo
> B : 좀 멀어요. 버스를 타는 게 더 좋을 것 같아요.
> jom/mo*.ro*.yo//bo*.seu.reul/ta.neun/ge/do*/jo.eul/
> go*t/ga.ta.yo

◆中譯◆

A：從這裡走過去會遠嗎？

B：有點遠。好像搭公車去比較好。

우리 좀 걸을까요?
u.ri/jom/go*.reul.ga.yo
我們走走好嗎？

빨리 걸어라. 늦겠다.
bal.li/go*.ro*.ra//neut.get.da
快點走吧，要遲到了。

史上，最讚的
韓語動詞、形容詞　43

걸다

go*l.da

打（電話）/掛

慣用語

전화를 걸다 jo*n.hwa.reul/go*l.da 打電話

Track 017

基本變化

格式體尊敬形敘述句	겁니다.
格式體尊敬形疑問句	겁니까?
非格式體尊敬形敘述句	걸어요.
非格式體尊敬形疑問句	걸어요?
現在式	걸어요.
過去式	걸었어요.
未來式	걸 거예요.
現在進行式	걸고 있어요.
祈使句	걸으십시오.
勸誘句	걸읍시다.

會話

A：최시원 씨가 집에 있습니까?
　chwe.si.won/ssi.ga/ji.be/it.sseum.ni.ga

B：전화 잘못 거셨어요. 여기 최시원이라는 사람은 없어요.
　jo*n.hwa/jal.mot/go*.syo*.sso*.yo//yo*.gi/chwe.si.wo.
　ni.ra.neun/sa.ra.meun/o*p.sso*.yo

✦中譯✦

A：崔始源在家嗎？

B：您打錯電話了，這裡沒有叫崔始源的人。

例句

내일 다시 전화 걸겠습니다.
ne*.il/da.si/jo*n.hwa/go*l.get.sseum.ni.da
我明天會再撥電話過去。

이 시계를 거실 벽에 걸어 주세요.
i/si.gye.reul/go*.sil/byo*.ge/go*.ro*/ju.se.yo
請把這個時鐘掛在客廳牆上。

史上，最讚的
韓語動詞、形容詞　45

걸리다

go*l.li.da

花(時間)／得病

慣用語

시간이 걸리다　si.ga.ni/go*l.li.da　花費時間

Track 018

基本變化

格式體尊敬形敘述句	걸립니다.
格式體尊敬形疑問句	걸립니까?
非格式體尊敬形敘述句	걸려요.
非格式體尊敬形疑問句	걸려요?
現在式	걸려요.
過去式	걸렸어요.
未來式	걸릴 거예요.
現在進行式	걸리고 있어요.
祈使句	걸리십시오.
勸誘句	걸립시다.

會話

A : 집에서 학교까지 시간이 얼마나 걸려요?
　　ji.be.so*/hak.gyo.ga.ji/si.ga.ni/o*l.ma.na/go*l.lyo*.yo

B : 집에서 학교까지 버스로 삼십분쯤 걸려요.
　　ji.be.so*/hak.gyo.ga.ji/bo*.seu.ro/sam.sip.bun.jjeum/
　　go*l.lyo*.yo

中譯

A：你從家裡到學校要花多少時間？

B：從家裡到學校搭公車大約要三十分鐘。

會話

A : 안색이 안 좋아 보이네요. 어디 아파요?
　　an.se*.gi/an.jo.a/bo.i.ne.yo//o*.di/a.pa.yo

B : 감기에 걸려서 머리가 너무 아파요.
　　gam.gi.e/go*l.lyo*.so*/mo*.ri.ga/no*.mu/a.pa.yo

中譯

A：你臉色看起來很差耶！哪裡不舒服嗎？

B：我感冒了，頭很痛。

史上，最讚的
韓語動詞、形容詞　47

결혼하다

gyo*l.hon.ha.da

結婚

反義詞

이혼하다　i.hon.ha.da　離婚

Track 019

基本變化

格式體尊敬形敘述句	결혼합니다.
格式體尊敬形疑問句	결혼합니까?
非格式體尊敬形敘述句	결혼해요.
非格式體尊敬形疑問句	결혼해요?
現在式	결혼해요.
過去式	결혼했어요.
未來式	결혼할 거예요.
現在進行式	결혼하고 있어요.
祈使句	결혼하십시오.
勸誘句	결혼합시다.

會話

A : 결혼하셨어요?
　　gyo*l.hon.ha.syo*.sso*.yo
B : 아니요, 아직 결혼하지 않았어요.
　　a.ni.yo//a.jik/gyo*l.hon.ha.ji/a.na.sso*.yo
A : 어떤 사람하고 결혼하고 싶으세요?
　　o*.do*n/sa.ram.ha.go/gyo*l.hon.ha.go/si.peu.se.yo
B : 저를 사랑하는 남자하고 결혼할 거예요.
　　jo*.reul/ssa.rang.ha.neun/nam.ja.ha.go/gyo*l.hon.hal/
　　go*.ye.yo

✦中譯✦
A：您結婚了嗎？
B：不，我還沒結婚。
A：你想和什麼樣的人結婚呢？
B：我要和愛我的男人結婚。

 例句

저는 결혼할 상대를 찾고 있어요.
jo*.neun/gyo*l.hon.hal/ssang.de*.reul/chat.go/i.sso*.yo
我在找結婚的對象。

史上，最讚的
韓語動詞、形容詞　49

계시다

gye.si.da
在(있다的敬語)

있다　it.da　在／有

Track 020

基本變化

格式體尊敬形敘述句	계십니다.
格式體尊敬形疑問句	계십니까?
非格式體尊敬形敘述句	계셔요.
非格式體尊敬形疑問句	계셔요?
現在式	계셔요.
過去式	계셨어요.
未來式	계실 거예요.
現在進行式	계시고 있어요.
祈使句	계십시오.
勸誘句	계십시다.

會話

A：김 부장님은 사무실에 계세요?
　　gim/bu.jang.ni.meun/sa.mu.si.re/gye.se.yo

B：지금 안 계십니다.
　　ji.geum/an/gye.sim.ni.da

◆中譯◆

A：金部長在辦公室嗎？

B：現在不在。

會話

A：할머니는 지금 어디 계셔요?
　　hal.mo*.ni.neun/ji.geum/o*.di/gye.syo*.yo

B：지금은 아마 집에서 주무시고 계실 거예요.
　　ji.geu.meun/a.ma/ji.be.so*/ju.mu.si.go/gye.sil/go*.ye.yo

◆中譯◆

A：奶奶現在在哪裡？

B：現在大概在家裡睡覺。

기다리다

gi.da.ri.da

等待

慣用語

기회를 기다리다　gi.hwe.reul/gi.da.ri.da　等待機會

 Track 021

基本變化

格式體尊敬形敘述句	기다립니다.
格式體尊敬形疑問句	기다립니까?
非格式體尊敬形敘述句	기다려요.
非格式體尊敬形疑問句	기다려요?
現在式	기다려요.
過去式	기다렸어요.
未來式	기다릴 거예요.
現在進行式	기다리고 있어요.
祈使句	기다리십시오.
勸誘句	기다립시다.

會話

A : 지금 빈 자리가 없습니다. 기다리시겠어요?
ji.geum/bin/ja.ri.ga/o*p.sseum.ni.da//gi.da.ri.si.ge.sso*.yo

B : 얼마나 기다려야 되나요?
o*l.ma.na/gi.da.ryo*.ya/dwe.na.yo

A : 아마 40분정도 기다려셔야 합니다.
a.ma.sa.sip.bun.jo*ng.do/gi.da.ryo*.syo*.ya/ham.ni.da

✦ 中譯 ✦

A : 現在沒有空位，您要等嗎？

B : 要等多久？

A : 您大概要等40分鐘左右。

오래 기다렸어요?
o.re*/gi.da.ryo*.sso*.yo
你等很久了嗎？

잠깐만 기다려 주세요.
jam.gan.man/gi.da.ryo*/ju.se.yo
請稍等一下。

깎다

gak.da

削(皮)／殺價

慣用語

손톱을 깎다　son.to.beul/gak.da　剪指甲

Track 022

基本變化

格式體尊敬形敍述句	깎습니다.
格式體尊敬形疑問句	깎습니까?
非格式體尊敬形敍述句	깎아요.
非格式體尊敬形疑問句	깎아요?
現在式	깎아요.
過去式	깎았어요.
未來式	깎을 거예요.
現在進行式	깎고 있어요.
祈使句	깎으십시오.
勸誘句	깎읍시다.

會話

A : 너무 비싸요. 좀 깎아 주세요.
no*.mu/bi.ssa.yo//jom/ga.ga/ju.se.yo
B : 알았어요. 오천 원 깎아 드릴게요.
a.ra.sso*.yo//o.cho*n/won/ga.ga/deu.ril.ge.yo
A : 고맙습니다.
go.map.sseum.ni.da

◆ 中譯 ◆

A : 太貴了，請算我便宜一點。
B : 知道了，少算你五千韓圜。
A : 謝謝。

例句

엄마, 배 좀 깎아 줘요.
o*m.ma//be*/jom/ga.ga/jwo.yo
媽，幫我削梨子。

더워서 머리를 깎았어요.
do*.wo.so*/mo*.ri.reul/ga.ga.sso*.yo
因為天氣熱，剪了頭髮。

史上，最讚的
韓語動詞、形容詞　55

나가다

na.ga.da

出去

反義詞

나오다　na.o.da　出來

Track 023

基本變化

格式體尊敬形敘述句	나갑니다.
格式體尊敬形疑問句	나갑니까?
非格式體尊敬形敘述句	나가요.
非格式體尊敬形疑問句	나가요?
現在式	나가요.
過去式	나갔어요.
未來式	나갈 거예요.
現在進行式	나가고 있어요.
祈使句	나가십시오.
勸誘句	나갑시다.

會話

A : 민지야, 여기서 놀지 마. 나가!
　　min.ji.ya//yo*.gi.so*/nol.ji/ma//na.ga

B : 알았어요. 나갈게요.
　　a.ra.sso*.yo//na.gal.ge.yo

中譯

A : 旼志啊，別在這裡玩，出去！
B : 知道了，我會出去。

例句

밖에 나가서 뭐 좀 먹으려고요.
ba.ge/na.ga.so*/mwo/jom/mo*.geu.ryo*.go.yo
我想出去吃點東西。

대리님은 삼십 분전에 나가셨어요.
de*.ri.ni.meun/sam.sip.bun.jo*.ne/na.ga.syo*.sso*.yo
代理三十分鐘前出去了。

史上，最讚的
韓語動詞、形容詞

내리다

ne*.ri.da

降下／減低／下車

오르다　o.reu.da　上升

Track 024

基本變化

格式體尊敬形敘述句	내립니다.
格式體尊敬形疑問句	내립니까?
非格式體尊敬形敘述句	내려요.
非格式體尊敬形疑問句	내려요?
現在式	내려요.
過去式	내렸어요.
未來式	내릴 거예요.
現在進行式	내리고 있어요.
祈使句	내리십시오.
勸誘句	내립시다.

會話

A : 롯데월드에 가고 싶은데 어느 역에서 내려야 돼요?
rot.de.wol.deu.e/ga.go/si.peun.de/o*.neu/yo*.ge.so*/
ne*.ryo*.ya/dwe*.yo

B : 잠실 역에서 내리세요.
jam.sil/yo*.ge.so*/ne*.ri.se.yo

◆中譯◆

A : 我想去樂天世界，我要在哪一站下車?

B : 請在蠶室站下車。

例句

지금 서울에는 눈이 내리고 있어요.
ji.geum/so*.u.re.neun/nu.ni/ne*.ri.go/i.sso*.yo
現在首爾在下雪。

아파트 값이 내리면 그때 살 거예요.
a.pa.teu/gap.ssi/ne*.ri.myo*n/geu.de*/sal/go*.ye.yo
如果大樓公寓價格下降的話，那時候我會買。

史上，最讚的
韓語動詞、形容詞 59

넣다

no*.ta

放入／放進

反義詞

꺼내다　go*.ne*.da　拿出

Track 025

基本變化

格式體尊敬形敘述句	넣습니다.
格式體尊敬形疑問句	넣습니까?
非格式體尊敬形敘述句	넣어요.
非格式體尊敬形疑問句	넣어요?
現在式	넣어요.
過去式	넣었어요.
未來式	넣을 거예요.
現在進行式	넣고 있어요.
祈使句	넣으십시오.
勸誘句	넣읍시다.

會話

A : 카페모카 한 잔 주세요.
　　ka.pe.mo.ka/han/jan/ju.se.yo
B : 커피에 휘핑크림을 넣어 드릴까요?
　　ko*.pi.e/hwi.ping.keu.ri.meul/no*.o*/deu.ril.ga.yo
A : 네, 많이 넣어 주세요.
　　ne//ma.ni/no*.o*/ju.se.yo

◆中譯◆

A : 請給我一杯咖啡摩卡。
B : 要幫您在咖啡裡加奶油嗎´?
A : 要,請加多一點。

例句

저금통에 지폐와 동전을 넣었습니다.
jo*.geum.tong.e/ji.pye.wa/dong.jo*.neul/no*.o*t.sseum.ni.da
把鈔票和銅板放入存錢筒裡了。

얼음을 넣지 마세요.
o*.reu.meul/no*.chi/ma.se.yo
請不要加冰塊。

놀다
nol.da
玩

反義詞

反義詞

일을 하다　i.reul/ha.da　工作

Track 026

基本變化

格式體尊敬形敘述句	놉니다.
格式體尊敬形疑問句	놉니까?
非格式體尊敬形敘述句	놀아요.
非格式體尊敬形疑問句	놀아요?
現在式	놀아요.
過去式	놀았어요.
未來式	놀 거예요.
現在進行式	놀고 있어요.
祈使句	노십시오.
勸誘句	놉시다.

會話

A : 여름 방학에 뭐 할 거예요?
　　yo*.reum/bang.ha.ge/mwo/hal/go*.ye.yo
B : 놀이동산에 놀러 갈 거예요.
　　no.ri.dong.sa.ne/nol.lo*/gal/go*.ye.yo
A : 우리 집에도 한 번 놀러 와요.
　　u.ri/ji.be.do/han/bo*n/nol.lo*/wa.yo

◆中譯◆
A : 暑假你要做什麼？
B : 我要去遊樂園玩。
A : 也來我們家玩吧。

例句

학생들이 운동장에서 놀고 있어요.
hak.sse*ng.deu.ri/un.dong.jang.e.so*/nol.go/i.sso*.yo
學生們在運動場玩耍。

그는 일을 안 하고 맨날 놀고 있어요.
geu.neun/i.reul/an/ha.go/me*n.nal/nol.go/i.sso*.yo
他不工作每天都在玩。

史上，最讚的
韓語動詞、形容詞　63

놓다

no.ta

放／放下

同義詞

두다　du.da　放下／擱置

Track 027

基本變化

格式體尊敬形敘述句	놓습니다.
格式體尊敬形疑問句	놓습니까?
非格式體尊敬形敘述句	놓아요.
非格式體尊敬形疑問句	놓아요?
現在式	놓아요.
過去式	놓았어요.
未來式	놓을 거예요.
現在進行式	놓고 있어요.
祈使句	놓으십시오.
勸誘句	놓읍시다.

會話

A : 엄마, 이 상자는 어디에 놓아요?
　　o*m.ma//i/sang.ja.neun/o*.di.e/no.a.yo
B : 부엌에 놓으면 돼.
　　bu.o*.ke/no.eu.myo*n/dwe*

中譯✦

A : 媽，這個箱子要放在哪裡？
B : 放在廚房就可以了。

例句

컵은 식탁 위에 놓으세요.
ko*.beun/sik.tak/wi.e/no.eu.se.yo
杯子請放在餐桌上。

제가 여기 놓아둔 책이 없어졌어요.
je.ga/yo*.gi/no.a.dun/che*.gi/o*p.sso*.jo*.sso*.yo
我放在這裡的書不見了。

그냥 여기에 놓으십시오.
geu.nyang/yo*.gi.e/no.eu.sip.ssi.o
放在這裡就好了。

늦다

neut.da

遲／晚

類義詞

지각하다　ji.ga.ka.da　遲到

Track 028

基本變化

格式體尊敬形敘述句	늦습니다.
格式體尊敬形疑問句	늦습니까?
非格式體尊敬形敘述句	늦어요.
非格式體尊敬形疑問句	늦어요?
現在式	늦어요.
過去式	늦었어요.
未來式	늦을 거예요.
現在進行式	늦고 있어요.
祈使句	늦으십시오.
勸誘句	늦읍시다.

A : 내일 오전 11시 전에 꼭 와요. 늦지 마세요.
ne*.il/o.jo*n/yo*l.han.si/jo*.ne/gok/wa.yo//neut.jji/
ma.se.yo
B : 네, 일찍 오겠습니다.
ne//il.jjik/o.get.sseum.ni.da

中譯 ✦
A : 明天上午11點前一定要來。不要遲到。
B : 好的，我一定會早點來。

길이 막혀서 회의에 늦었습니다.
gi.ri/ma.kyo*.so*/hwe.ui.e/neu.jo*t.sseum.ni.da
路上塞車，所以開會遲到了。

오늘 너무 늦었어요. 술은 다음에 합시다.
o.neul/no*.mu/neu.jo*.sso*.yo//su.reun/da.eu.me/hap.ssi.da
今天太晚了，酒下次喝吧。

史上，最讚的
韓語動詞、形容詞 67

다니다

da.ni.da

來往/上(學)

학교에 다니다 hak.gyo.e/da.ni.da 上學

Track 029

基本變化

格式體尊敬形敘述句	다닙니다.
格式體尊敬形疑問句	다닙니까?
非格式體尊敬形敘述句	다녀요.
非格式體尊敬形疑問句	다녀요?
現在式	다녀요.
過去式	다녔어요.
未來式	다닐 거예요.
現在進行式	다니고 있어요.
祈使句	다니십시오.
勸誘句	다닙시다.

A：어느 학교에 다닙니까?
  o*.neu/hak.gyo.e/da.nim.ni.ga
B：서울대학교에 다닙니다.
  so*.ul.de*.hak.gyo.e/da.nim.ni.da

◆中譯◆
A：你就讀哪一所學校？
B：我就讀首爾大學。

나는 백화점에 다니고 있어요.
na.neun/be*.kwa.jo*.me/da.ni.go/i.sso*.yo
我在百貨公司上班。

저는 대학교 다닐때 아르바이트를 한 적이 있어요.
jo*.neun/de*.hak.gyo/da.nil.de*/a.reu.ba.i.teu.reul/han/jo*.
gi/i.sso*.yo
我讀大學的時候，曾經打過工。

다치다

da.chi.da

受傷

類義詞

상처를 입다　sang.cho*.reul/ip.da　受傷

Track 030

基本變化

格式體尊敬形敘述句	다칩니다.
格式體尊敬形疑問句	다칩니까?
非格式體尊敬形敘述句	다쳐요.
非格式體尊敬形疑問句	다쳐요?
現在式	다쳐요.
過去式	다쳤어요.
未來式	다칠 거예요.
現在進行式	다치고 있어요.
祈使句	다치십시오.
勸誘句	다칩시다.

A : 너 다리 왜 그래?
no*/da.ri/we*/geu.re*

B : 길에서 넘어져서 다리를 다쳤어요.
gi.re.so*/no*.mo*.jo*.so*/da.ri.reul/da.cho*.sso*.yo

A : 조심 좀 하지 그래. 빨리 와서 약 발라.
jo.sim/jom/ha.ji/geu.re*//bal.li/wa.so*/yak/bal.la

◆中譯◆
A : 你的腿怎麼那樣？
B : 在路上跌倒腿受傷了。
A : 怎麼不小心一點，快來擦藥。

A : 어디 다친 데 없어요? 어디 좀 봐요.
o*.di/da.chin/de/o*p.sso*.yo//o*.di/jom/bwa.yo

B : 괜찮아요. 안 다쳤어요.
gwe*n.cha.na.yo//an/da.cho*.sso*.yo

◆中譯◆
A : 有哪裡受傷嗎？我看看。
B : 沒事，我沒受傷。

史上，最讚的
韓語動詞、形容詞

닦다

dak.da

刷(牙)/擦

慣用語

이를 닦다 i.reul/dak.da 刷牙

基本變化

格式體尊敬形敘述句	닦습니다.
格式體尊敬形疑問句	닦습니까?
非格式體尊敬形敘述句	닦아요.
非格式體尊敬形疑問句	닦아요?
現在式	닦아요.
過去式	닦았어요.
未來式	닦을 거예요.
現在進行式	닦고 있어요.
祈使句	닦으십시오.
勸誘句	닦읍시다.

A : 식사 끝나면 식탁 좀 닦아 주세요.
　　sik.ssa/geun.na.myo*n/sik.tak/jom/da.ga/ju.se.yo
B : 알았어요. 설거지도 제가 할게요.
　　a.ra.sso*.yo//so*l.go*.ji.do/je.ga/hal.ge.yo

◆中譯◆

A：用餐後請幫我擦餐桌。
B：知道了，碗也我來洗。

例句

자기 전에 이를 닦아야 합니다.
ja.gi/jo*.ne/i.reul/da.ga.ya/ham.ni.da
睡覺前要刷牙。

눈물을 닦고 일어나세요.
nun.mu.reul/dak.go/i.ro*.na.se.yo
請擦掉眼淚站起來吧。

닫다

dat.da

關閉／關上

反義詞

열다　yo*l.da　打開

基本變化

格式體尊敬形敘述句	닫습니다.
格式體尊敬形疑問句	닫습니까?
非格式體尊敬形敘述句	닫아요.
非格式體尊敬形疑問句	닫아요?
現在式	닫아요.
過去式	닫았어요.
未來式	닫을 거예요.
現在進行式	닫고 있어요.
祈使句	닫으십시오.
勸誘句	닫읍시다.

會話

A : 추우니까 문 좀 닫아 주세요.
　　chu.u.ni.ga/mun/jom/da.da/ju.se.yo
B : 그래요. 창문도 닫아 줄까요?
　　geu.re*.yo//chang.mun.do/da.da/jul.ga.yo

◆ 中譯 ◆

A : 天氣冷，請幫我把門關上。
B : 好的，窗戶也關上嗎？

 例句

우리 회사는 결국 문 닫았어요.
u.ri/hwe.sa.neun/gyo*l.guk/mun/da.da.sso*.yo
我們公司終究倒閉了。

이 문은 닫지 마세요.
i/mu.neun/dat.jji/ma.se.yo
這個門請不要關。

史上，最讚的
韓語動詞、形容詞　**75**

돌아가다

do.ra.ga.da
回去

돌아오다　do.ra.o.da　回來

Track 033

基本變化

格式體尊敬形敘述句	돌아갑니다.
格式體尊敬形疑問句	돌아갑니까?
非格式體尊敬形敘述句	돌아가요.
非格式體尊敬形疑問句	돌아가요?
現在式	돌아가요.
過去式	돌아갔어요.
未來式	돌아갈 거예요.
現在進行式	돌아가고 있어요.
祈使句	돌아가십시오.
勸誘句	돌아갑시다.

A : 언제 부산에 돌아갈 거예요?
　　o*n.je/bu.sa.ne/do.ra.gal/go*.ye.yo
B : 이번 학기 끝나면 바로 돌아갈 거예요.
　　i.bo*n/hak.gi/geun.na.myo*n/ba.ro/do.ra.gal/go*.ye.yo

✦中譯✦

A : 你什麼時候要回去釜山？
B : 這學期結束後，馬上就會回去。

고향에 돌아가면 뭘 할 거예요?
go.hyang.e/do.ra.ga.myo*n/mwol/hal/go*.ye.yo
你回故鄉後要做什麼？

우리 집으로 돌아갑시다.
u.ri/ji.beu.ro/do.ra.gap.ssi.da
我們回家去吧。

되다

dwe.da

可以／成為

反義詞

안 되다　an/dwe.da　不行／不可以

Track 034

基本變化

格式體尊敬形敍述句	됩니다.
格式體尊敬形疑問句	됩니까?
非格式體尊敬形敍述句	돼요.
非格式體尊敬形疑問句	돼요?
現在式	돼요.
過去式	됐어요.
未來式	될 거예요.
現在進行式	되고 있어요.
祈使句	되십시오.
勸誘句	됩시다.

會話

A : 어른이 되면 뭐가 되고 싶어요?
　　o*.reu.ni/dwe.myo*n/mwo.ga/dwe.go/si.po*.yo
B : 의사 선생님이 되고 싶어요.
　　ui.sa/so*n.se*ng.ni.mi/dwe.go/si.po*.yo

◆中譯◆
A : 長大後，你想當什麼？
B : 我想當醫生。

會話

A : 내일은 회사에 안 나와도 돼.
　　ne*.i.reun/hwe.sa.e/an/na.wa.do/dwe*
B : 정말이에요? 너무 고맙습니다.
　　jo*ng.ma.ri.e.yo//no*.mu.go.map.sseum.ni.da

◆中譯◆
A : 明天你可以不用來上班。
B : 真的嗎？太感謝了！

드리다

deu.ri.da

給／送

同義詞

주다 ju.da 給予

Track 035

基本變化

格式體尊敬形敘述句	드립니다.
格式體尊敬形疑問句	드립니까?
非格式體尊敬形敘述句	드려요.
非格式體尊敬形疑問句	드려요?
現在式	드려요.
過去式	드렸어요.
未來式	드릴 거예요.
現在進行式	드리고 있어요.
祈使句	드리십시오.
勸誘句	드립시다.

會話

A : 커피와 녹차가 있는데 뭘 드릴까요?
　　ko*.pi.wa/nok.cha.ga/in.neun.de/mwol/deu.ril.ga.yo
B : 커피로 주세요.
　　ko*.pi.ro/ju.se.yo

◆ 中譯 ◆

A：有咖啡和綠茶，要拿什麼給您？
B：請給我咖啡。

例句

제가 물 한 잔 갖다 드릴게요.
je.ga/mul/han/jan/gat.da/deu.ril.ge.yo
我去拿杯水給您。

이미 고향에 계시는 부모님께 전화를 드렸어요.
i.mi/go.hyang.e/ge.si.neun/bu.mo.nim.ge/jo*n.hwa.reul/deu.
ryo*.sso*.yo
我已經打了電話給在故鄉的父母。

듣다

deut.da

聽／聽到

反義詞

말하다　mal.ha.da　說／說話

Track 036

基本變化

格式體尊敬形敘述句	듣습니다.
格式體尊敬形疑問句	듣습니까?
非格式體尊敬形敘述句	들어요.
非格式體尊敬形疑問句	들어요?
現在式	들어요.
過去式	들었어요.
未來式	들을 거예요.
現在進行式	듣고 있어요.
祈使句	들으십시오.
勸誘句	들읍시다.

A : 지금 뭐 해요?
　　ji.geum/mwo/he*.yo
B : 한국 노래를 듣고 있어요.
　　han.guk/no.re*.reul/deut.go/i.sso*.yo

◆ 中譯 ◆

A : 你在做什麼？
B : 我在聽韓語歌。

例句

내 말 잘 들어요. 너무 자책하지 말아요.
ne*/mal/jjal/deu.ro*.yo//no*.mu/ja.che*.ka.ji/ma.ra.yo
你聽我說，不要太過自責了。

말씀 많이 들었어요.
mal.sseum/ma.ni/deu.ro*.sso*.yo
久仰大名。

이미 얘기를 들었어요.
i.mi/ye*.gi.reul/deu.ro*.sso*.yo
我已經聽說了。

史上，最讚的
韓語動詞、形容詞　83

들다

deul.da

拿／提

慣用語

펜을 들다　pe.neul/deul.da　提筆／動筆

Track 037

基本變化

格式體尊敬形敍述句	듭니다.
格式體尊敬形疑問句	듭니까?
非格式體尊敬形敍述句	들어요.
非格式體尊敬形疑問句	들어요?
現在式	들어요.
過去式	들었어요.
未來式	들 거예요.
現在進行式	들고 있어요.
祈使句	드십시오.
勸誘句	듭시다.

會話

A : 누가 이연희예요?
nu.ga/i.yo*n.hi.ye.yo

B : 저기 검은색 가방을 들고 있는 여자예요.
jo*.gi/go*.meun.se*k/ga.bang.eul/deul.go/in.neun/yo*.
ja.ye.yo

◆中譯◆

A : 誰是李沇熹？

B : 那裡拿黑色包包的女生。

會話

A : 가방을 들어 줄까요?
ga.bang.eul/deu.ro*/jul.ga.yo

B : 괜찮아요. 안 무거워요.
gwe*n.cha.na.yo//an/mu.go*.wo.yo

◆中譯◆

A : 要不要幫你拿包包？

B : 沒關係，不會重。

들어가다

deu.ro*.ga.da

進去

反義詞

들어오다　deu.ro*.o.da　進來

Track 038

基本變化

格式體尊敬形敘述句	들어갑니다.
格式體尊敬形疑問句	들어갑니까?
非格式體尊敬形敘述句	들어가요.
非格式體尊敬形疑問句	들어가요?
現在式	들어가요.
過去式	들어갔어요.
未來式	들어갈 거예요.
現在進行式	들어가고 있어요.
祈使句	들어가십시오.
勸誘句	들어갑시다.

會話

A : 제가 안에 들어가도 될까요?
je.ga/a.ne/deu.ro*.ga.do/dwel.ga.yo

B : 죄송합니다. 지금 아무도 들어갈 수 없습니다.
jwe.song.ham.ni.da//ji.geum/a.mu.do/deu.ro*.gal/ssu/
o*p.sseum.ni.da

◆中譯◆
A : 我可以進去嗎?
B : 對不起,現在任何人都不可以進去。

 例句

민지야, 오빠 방에 들어가지 마.
min.ji.ya//o.ba/bang.e/deu.ro*.ga.ji/ma
旼志,別進去哥哥的房間。

본론으로 들어갑시다.
bol.lo.neu.ro/deu.ro*.gap.ssi.da
我們回到正題。

떠나다

do*.na.da

離開／出發

類義詞

출발하다　chul.bal.ha.da　出發

Track 039

基本變化

格式體尊敬形敍述句	떠납니다.
格式體尊敬形疑問句	떠납니까?
非格式體尊敬形敍述句	떠나요.
非格式體尊敬形疑問句	떠나요?
現在式	떠나요.
過去式	떠났어요.
未來式	떠날 거예요.
現在進行式	떠나고 있어요.
祈使句	떠나십시오.
勸誘句	떠납시다.

會話

A : 난 내일 서울을 떠나요.
　　nan/ne*.il/so*.u.reul/do*.na.yo
B : 어디 가려고요?
　　o*.di/ga.ryo*.go.yo
A : 그냥 여기저기 여행 좀 하려고요.
　　geu.nyang/yo*.gi.jo*.gi/yo*.he*ng/jom/ha.ryo*.go.yo

◆中譯◆
A : 我明天要離開首爾了。
B : 你要去哪裡？
A : 只是想到處去旅行。

例句

여기를 떠나지 마세요.
yo*.gi.reul/do*.na.ji/ma.se.yo
請別離開這裡。

언제 떠날 거예요?
o*n.je/do*.nal/go*.ye.yo
你什麼時候要離開？

史上，最讚的
韓語動詞、形容詞　89

뛰다

dwi.da

跑／跳

反義詞

걷다 go*t.da 走

Track 040

基本變化

格式體尊敬形敍述句	뜁니다.
格式體尊敬形疑問句	뜁니까?
非格式體尊敬形敍述句	뛰어요.
非格式體尊敬形疑問句	뛰어요?
現在式	뛰어요.
過去式	뛰었어요.
未來式	뛸 거예요.
現在進行式	뛰고 있어요.
祈使句	뛰십시오.
勸誘句	뜁시다.

會話

A : 너 준수 오빠를 좋아하지?
　　no*/jun.su/o.ba.reul/jjo.a.ha.ji
B : 잘 모르겠어. 근데 오빠를 보면 가슴이 뛰어.
　　jal/mo.reu.ge.sso*//geun.de/o.ba.reul/bo.myo*n/ga.seu.
　　mi/dwi.o*
A : 그게 좋아하는 거지.
　　geu.ge/jo.a.ha.neun/go*.ji

◆中譯◆

A：你喜歡俊秀哥對吧？
B：我不知道，但是看到哥哥心就會跳。
A：那就是喜歡啊！

例句

학교에 늦겠다. 빨리 뛰어.
hak.gyo.e/neut.get.da/bal.li/dwi.o*
上學要遲到了，快點跑。

계단에서 뛰지 마시오.
gye.da.ne.so*/dwi.ji/ma.si.o
請勿在階梯上奔跑。

마시다

ma.si.da

喝

慣用語

술을 마시다　su.reul/ma.si.da　喝酒

Track 041

基本變化

格式體尊敬形敘述句	마십니다.
格式體尊敬形疑問句	마십니까?
非格式體尊敬形敘述句	마셔요.
非格式體尊敬形疑問句	마셔요?
現在式	마셔요.
過去式	마셨어요.
未來式	마실 거예요.
現在進行式	마시고 있어요.
祈使句	마시십시오.
勸誘句	마십시다.

A : 뭐 마실래요?
mwo/ma.sil.le*.yo
B : 막걸리를 마실래요.
mak.go*l.li.reul/ma.sil.le*.yo

✦中譯✦
A : 你要喝什麼？
B : 我要喝米酒。

오늘은 커피 다섯 잔이나 마셨어요.
o.neu.reun/ko*.pi/da.so*t/ja.ni.na/ma.syo*.sso*.yo
今天我喝了五杯咖啡。

당신 술 마셨어요?
dang.sin/sul/ma.syo*.sso*.yo
你喝酒了嗎？

뭐 마시고 싶어요?
mwo/ma.si.go/si.po*.yo
你想喝什麼？

史上，最讚的
韓語動詞、形容詞　93

만나다

man.na.da
見面／遇見

類義詞

마주치다　ma.ju.chi.da　相遇／邂逅

Track 042

基本變化

格式體尊敬形敘述句	만납니다.
格式體尊敬形疑問句	만납니까?
非格式體尊敬形敘述句	만나요.
非格式體尊敬形疑問句	만나요?
現在式	만나요.
過去式	만났어요.
未來式	만날 거예요.
現在進行式	만나고 있어요.
祈使句	만나십시오.
勸誘句	만납시다.

會話

A : 오늘 누구를 만났어요?
　　o.neul/nu.gu.reul/man.na.sso*.yo
B : 전 직장 동료들을 만났어요.
　　jo*n/jik.jjang/dong.nyo.deu.reul/man.na.sso*.yo

◆中譯◆
A : 你今天見了誰？
B : 我見了前公司的同事。

會話

A : 우리 밤에 어디서 만날까요?
　　u.ri/ba.me/o*.di.so*/man.nal.ga.yo
B : 명동 역 6번 출구에서 만납시다.
　　myo*ng.dong/yo*k/yuk.bo*n/chul.gu.e.so*/man.nap.ssi.da

◆中譯◆
A : 我們晚上在哪裡見面？
B : 我們在明洞站六號出口見面吧。

만들다

man.deul.da
製造／作

類義詞

제작하다　je.ja.ka.da　製作

Track 043

基本變化

格式體尊敬形敘述句	만듭니다.
格式體尊敬形疑問句	만듭니까?
非格式體尊敬形敘述句	만들어요.
非格式體尊敬形疑問句	만들어요?
現在式	만들어요.
過去式	만들었어요.
未來式	만들 거예요.
現在進行式	만들고 있어요.
祈使句	만드십시오.
勸誘句	만듭시다.

會話

A : 케이크를 만드는 방법 좀 가르쳐 주세요.
　　ke.i.keu.reul/man.deu.neun/bang.bo*p/jom/ga.reu.cho*/
　　ju.se.yo

B : 왜 갑자기 그걸 알고 싶어요?
　　we*/gap.jja.gi/geu.go*l/al.go/si.po*.yo

A : 어머니 생신이 곧 다가오는데 직접 케이크를
　　만들려고요.
　　o*.mo*.ni/se*ng.si.ni/got/da.ga.o.neun.de/jik.jjo*p/
　　ke.i.keu.reul/man.deul.lyo*.go.yo

中譯 ✦
A : 請教我做蛋糕的方法。
B : 為什麼突然想知道？
A : 媽媽生日快到了，想親自做蛋糕。

例句

이 요리는 뭘로 만들었어요?
i/yo.ri.neun/mwol.lo/man.deu.ro*.sso*.yo
這道菜是用什麼作的？

오늘 점심은 네가 만들어.
o.neul/jjo*m.si.meun/ni.ga/man.deu.ro*
今天的午餐你來做。

史上，最讚的
韓語動詞、形容詞 97

말하다

mal.ha.da

說／講

同義詞

말씀하시다　mal.sseum.ha.si.da　說 (말하다的敬語)

Track 044

基本變化

格式體尊敬形敘述句	말합니다.
格式體尊敬形疑問句	말합니까?
非格式體尊敬形敘述句	말해요.
非格式體尊敬形疑問句	말해요?
現在式	말해요.
過去式	말했어요.
未來式	말할 거예요.
現在進行式	말하고 있어요.
祈使句	말하십시오.
勸誘句	말합시다.

會話

A : 하고 싶은 말이 뭔데요? 빨리 말해요.
　　ha.go/si.peun/ma.ri/mwon.de.yo//bal.li/mal.he*.yo
B : 이따가 말할게요. 지금 좀 바빠요.
　　i.da.ga/mal.hal.ge.yo//ji.geum/jom/ba.ba.yo

◆**中譯**◆

A : 你想說的話是什麼？快點說。
B : 等一下再跟你說。我現在有點忙。

 會話

A : 이건 비밀인데 다른 사람에게 말하지 말아요.
　　i.go*n/bi.mi.rin.de/da.reun/sa.ra.me.ge/mal.ha.jji/ma.ra.yo
B : 알았어요. 아무한테도 말 안 할게요.
　　a.ra.sso*.yo//a.mu.han.te.do/mal/an/hal.ge.yo

◆**中譯**◆

A : 這是祕密，不要和別人說。
B : 知道了，我不會和任何人說。

먹다

mo*k.da

吃

類義詞

드시다　deu.si.da　吃／喝（먹다的敬語）

Track 045

基本變化

格式體尊敬形敘述句	먹습니다.
格式體尊敬形疑問句	먹습니까?
非格式體尊敬形敘述句	먹어요.
非格式體尊敬形疑問句	먹어요?
現在式	먹어요.
過去式	먹었어요.
未來式	먹을 거예요.
現在進行式	먹고 있어요.
祈使句	먹으십시오.
勸誘句	먹읍시다.

會話

A : 뭐 먹고 싶어요?
mwo/mo*k.go/si.po*.yo
B : 불고기를 먹고 싶어요.
bul.go.gi.reul/mo*k.go/si.po*.yo
A : 좋아요. 먹으러 갑시다.
jo.a.yo//mo*.geu.ro*/gap.ssi.da

中譯

A：你想吃什麼？
B：我想吃烤肉。
A：好，我們去吃吧。

例句

저는 보통 아침을 안 먹습니다.
jo*.neun/bo.tong/a.chi.meul/an/mo*k.sseum.ni.da
我通常不吃早餐。

이걸 좀 먹어도 돼요?
i.go*l/jom/mo*.go*.do/dwe*.yo
我可以吃點這個嗎？

모르다

mo.reu.da
不知道／不懂／不認識

基本變化

格式體尊敬形敘述句	모릅니다.
格式體尊敬形疑問句	모릅니까?
非格式體尊敬形敘述句	몰라요.
非格式體尊敬形疑問句	몰라요?
現在式	몰라요.
過去式	몰랐어요.
未來式	모를 거예요.
現在進行式	모르고 있어요.
祈使句	모르십시오.
勸誘句	모릅시다.

會話

A：동대문에 어떻게 가는지 아십니까?
　dong.de*.mu.ne/o*.do*.ke/ga.neun.ji/a.sim.ni.ga
B：저도 잘 모르겠어요.
　jo*.do/jal/mo.reu.ge.sso*.yo

中譯✦

A：您知道怎麼去東大門嗎？
B：我也不太清楚。

會話

A：아는 사람이에요?
　a.neun/sa.ra.mi.e.yo
B：아니요, 모르는 사람이에요.
　a.ni.yo//mo.reu.neun/sa.ra.mi.e.yo

中譯✦

A：是認識的人嗎？
B：不，是不認識的人。

모자라다

mo.ja.ra.da
不足／不夠

類義詞

부족하다　bu.jo.ka.da　不足

Track 047

基本變化

格式體尊敬形敍述句	모자랍니다.
格式體尊敬形疑問句	모자랍니까?
非格式體尊敬形敍述句	모자라요.
非格式體尊敬形疑問句	모자라요?
現在式	모자라요.
過去式	모자랐어요.
未來式	모자랄 거예요.
現在進行式	모자라고 있어요.
祈使句	모자라십시오.
勸誘句	모자랍시다.

會話

A : 새 이불을 사 왔죠?
　 se*/i.bu.reul/ssa/wat.jjyo

B : 아니요, 돈이 모자라서 못 샀어요.
　 a.ni.yo//do.ni/mo.ja.ra.so*/mot/sa.sso*.yo

◆中譯◆

A：你買新被子來了吧？
B：沒有，錢不夠所以沒買。

會話

A : 내일 시간 있어요? 와서 좀 도와 줄래요?
　 ne*.il/si.gan/i.sso*.yo//wa.so*/jom/do.wa/jul.le*.yo

B : 시간 있어요. 근데 왜요?
　 si.gan/i.sso*.yo//geun.de/we*.yo

A : 내일 사람이 좀 모자라서요.
　 ne*.il/sa.ra.mi/jom/mo.ja.ra.so*.yo

中譯◆

A：明天你有時間嗎？可以過來幫忙嗎？
B：我有時間，可是為什麼呢？
A：明天人手有點不足。

못하다

mo.ta.da
(能力)不會／不能

反義詞

잘하다　jal.ha.da　擅長／做得好

Track 048

基本變化

格式體尊敬形敘述句	못합니다.
格式體尊敬形疑問句	못합니까?
非格式體尊敬形敘述句	못해요.
非格式體尊敬形疑問句	못해요?
現在式	못해요.
過去式	못했어요.
未來式	못할 거예요.
現在進行式	못하고 있어요.
祈使句	못하십시오.
勸誘句	못합시다.

會話

A : 내가 술을 좀 마셨으니까 운전은 네가 해라.
　　ne*.ga/su.reul/jjom/ma.syo*.sseu.ni.ga/un.jo*.neun/
　　ni.ga/he*.ra
B : 저는 운전을 못해요.
　　jo*.neun/un.jo*.neul/mo.te*.yo

◆中譯◆
A : 我喝了點酒，你來開車。
B : 我不會開車。

例句

그는 못하는 것이 없어요.
geu.neun/mo.ta.neun/go*.si/o*p.sso*.yo
他沒有什麼事辦不到。

몸이 아파서 오늘 출근하지 못했어요.
mo.mi/a.pa.so*/o.neul/chul.geun.ha.ji/mo.te*.sso*.yo
因為身體不適，今天沒辦法去上班。

史上，最讚的
韓語動詞、形容詞 107

묻다
mut.da
問

질문하다 jil.mun.ha.da 提問／發問

Track 049

基本變化

格式體尊敬形敘述句	묻습니다.
格式體尊敬形疑問句	묻습니까?
非格式體尊敬形敘述句	물어요.
非格式體尊敬形疑問句	물어요?
現在式	물어요.
過去式	물었어요.
未來式	물을 거예요.
現在進行式	묻고 있어요.
祈使句	물으십시오.
勸誘句	물읍시다.

會話

A : 나이가 어떻게 되세요?
　　na.i.ga/o*.do*.ke/dwe.se.yo
B : 그건 비밀이에요. 묻지 마세요.
　　geu.go*n/bi.mi.ri.e.yo//mut.jji/ma.se.yo

◆ 中譯 ◆

A : 可以告訴我你的年紀嗎？
B : 那是祕密，不要問。

例句

길 좀 물어도 될까요?
gil/jom/mu.ro*.do/dwel.ga.yo
我可以問路嗎？

선생님께 물어보세요.
so*n.se*ng.nim.ge/mu.ro*.bo.se.yo
請你去問老師看看。

믿다

mit.da

相信／信仰

慣用語

종교를 믿다 jong.gyo.reul/mit.da 信教

Track 050

基本變化

格式體尊敬形敍述句	믿습니다.
格式體尊敬形疑問句	믿습니까?
非格式體尊敬形敍述句	믿어요.
非格式體尊敬形疑問句	믿어요?
現在式	믿어요.
過去式	믿었어요.
未來式	믿을 거예요.
現在進行式	믿고 있어요.
祈使句	믿으십시오.
勸誘句	믿읍시다.

會話

A：난 당신을 믿고 있어요.

　　nan/dang.si.neul/mit.go/i.sso*.yo

B：늘 나를 믿어줘서 고마워요. 실망시키지 않을게요.

　　neul/na.reul/mi.do*.jwo.so*/go.ma.wo.yo//sil.mang.si.ki.

　　ji/a.neul.ge.yo

◆中譯◆

A：我一直都相信你。

B：謝謝你一直相信我，我不會讓你失望。

例句

저는 불교를 믿습니다.

jo*.neun/bul.gyo.reul/mit.sseum.ni.da

我信仰佛教。

아직도 저를 믿으세요?

a.jik.do/jo*.reul/mi.deu.se.yo

您還相信我嗎？

바꾸다

ba.gu.da
交換／更換

慣用語

돈을 바꾸다 do.neul/ba.gu.da 換錢

Track 051

基本變化

格式體尊敬形敍述句	바꿉니다.
格式體尊敬形疑問句	바꿉니까?
非格式體尊敬形敍述句	바꿔요.
非格式體尊敬形疑問句	바꿔요?
現在式	바꿔요.
過去式	바꿨어요.
未來式	바꿀 거예요.
現在進行式	바꾸고 있어요.
祈使句	바꾸십시오.
勸誘句	바꿉시다.

會話

A : 돈 좀 바꿔 주세요.
　　don/jom/ba.gwo/ju.se.yo
B : 얼마를 바꿔 드릴까요?
　　o*l.ma.reul/ba.gwo/deu.ril.ga.yo
A : 삼천 달러를 바꿔 주세요.
　　sam.cho*n/dal.lo*.reul/ba.gwo/ju.se.yo

✦ 中譯 ✦

A : 請幫我換錢。
B : 要幫你換多少錢？
A : 請幫我換三千美金。

 例句

헤어스타일 좀 바꾸고 싶어요.
he.o*.seu.ta.il/jom/ba.gu.go/si.po*.yo
我想換髮型。

전화 좀 바꿔 주세요.
jo*n.hwa/jom/ba.gwo/ju.se.yo
請幫我轉接電話。

받다

bat.da

接收／收到

反義詞

주다　ju.da　給予

Track 052

基本變化

格式體尊敬形敘述句	받습니다.
格式體尊敬形疑問句	받습니까?
非格式體尊敬形敘述句	받아요.
非格式體尊敬形疑問句	받아요?
現在式	받아요.
過去式	받았어요.
未來式	받을 거예요.
現在進行式	받고 있어요.
祈使句	받으십시오.
勸誘句	받읍시다.

會話

A : 강희야, 전화 왔어. 빨리 받아.
gang.hi.ya//jo*n.hwa.wa.sso*//bal.li/ba.da

B : 엄마가 받아요. 난 빨리 나가야 돼요.
o*m.ma.ga/ba.da.yo//nan/bal.li/na.ga.ya/dwe*.yo

✦中譯✦

A：江姬呀，電話響了，快接。

B：媽媽你接。我要快點出門了。

例句

어제 아주 귀한 선물을 받았어요.
o*.je/a.ju/gwi.han/so*n.mu.reul/ba.da.sso*.yo
昨天收到了很貴重的禮物。

자료를 받으시면 바로 연락 주세요.
ja.ryo.reul/ba.deu.si.myo*n/ba.ro/yo*l.lak/ju.se.yo
您收到資料後，請馬上聯絡我。

배우다

be*.u.da

學習

反義詞

가르치다　ga.reu.chi.da　教導／指導

Track 053

基本變化

格式體尊敬形敘述句	배웁니다.
格式體尊敬形疑問句	배웁니까?
非格式體尊敬形敘述句	배워요.
非格式體尊敬形疑問句	배워요?
現在式	배워요.
過去式	배웠어요.
未來式	배울 거예요.
現在進行式	배우고 있어요.
祈使句	배우십시오.
勸誘句	배웁시다.

會話

A : 요즘 뭐 하고 지내요?
　　yo.jeum/mwo/ha.go/ji.ne*.yo

B : 학원에서 한국어를 배우고 있어요.
　　ha.gwo.ne.so*/han.gu.go*.reul/be*.u.go/i.sso*.yo

A : 진짜요? 한국어 몇 마디 좀 가르쳐 줘요.
　　jin.jja.yo//han.gu.go*/myo*t/ma.di/jom/ga.reu.cho*/
　　jwo.yo

◆中譯◆

A : 你最近在做什麼？

B : 我在補習班學韓國語。

A : 真的嗎？教我幾句韓語吧。

例句

오늘 학교에서 뭐 배웠어요?
o.neul/hak.gyo.e.so*/mwo/be*.wo.sso*.yo
你今天在學校學了什麼？

우리도 태권도를 배웁시다.
u.ri.do/te*.gwon.do.reul/be*.up.ssi.da
我們也學跆拳道吧。

벌다

bo*l.da

賺（錢）

慣用語

돈을 벌다　do.neul/bo*l.da　賺錢

Track 054

基本變化

格式體尊敬形敘述句	법니다.
格式體尊敬形疑問句	법니까?
非格式體尊敬形敘述句	벌어요.
非格式體尊敬形疑問句	벌어요?
現在式	벌어요.
過去式	벌었어요.
未來式	벌 거예요.
現在進行式	벌고 있어요.
祈使句	버십시오.
勸誘句	법시다.

會話

A : 소원이 뭐예요?
so.wo.ni/mwo.ye.yo
B : 많은 돈을 벌어서 아파트 한 채를 사는 겁니다.
ma.neun/do.neul/bo*.ro*/so*/a.pa.teu/han/che*.reul/
ssa.neun/go*m.ni.da

◆中譯◆

A : 你的願望是什麼？
B : 能賺很多錢買一間公寓。

例句

은설 씨는 한 달에 얼마 벌어요?
eun.so*l/ssi.neun/han/da.re/o*l.ma/bo*.ro*.yo
恩雪你一個月賺多少？

지금보다 돈을 좀 더 벌었으면 좋겠어요.
ji.geum.bo.da/do.neul/jjom/do*/bo*.ro*.sseu.myo*n/jo.ke.
sso*.yo
希望錢能賺得比現在多一點。

벗다

bo*t.da

脱／脱掉

慣用語

옷을 벗다　o.seul/bo*t.da　脫衣服

Track 055

基本變化

格式體尊敬形敘述句	벗습니다.
格式體尊敬形疑問句	벗습니까?
非格式體尊敬形敘述句	벗어요.
非格式體尊敬形疑問句	벗어요?
現在式	벗어요.
過去式	벗었어요.
未來式	벗을 거예요.
現在進行式	벗고 있어요.
祈使句	벗으십시오.
勸誘句	벗읍시다.

會話

A : 들어가기 전에 신발을 벗어야 돼요?
deu.ro*.ga.gi/jo*.ne/sin.ba.reul/bo*.so*.ya/dwe*.yo

B : 네, 벗고 들어오세요.
ne//bo*t.go/deu.ro*.o.se.yo

◆中譯◆
A : 進去之前要脫鞋嗎?
B : 是的,請脫鞋再進來。

會話

A : 안 더워요? 외투 벗어요.
an/do*.wo.yo//we.tu/bo*.so*.yo

B : 전 안 더운데요. 에어컨이 켜 있어서요.
jo*n/an/do*.un.de.yo//e.o*.ko*.ni/kyo*/i.sso*.so*.yo

◆中譯◆
A : 你不熱嗎?把外套脫掉吧。
B : 我不熱,因為有開冷氣。

보내다

bo.ne*.da

寄／送

類義詞

부치다　bu.chi.da　寄／托運

Track 056

基本變化

格式體尊敬形敘述句	보냅니다.
格式體尊敬形疑問句	보냅니까?
非格式體尊敬形敘述句	보내요.
非格式體尊敬形疑問句	보내요?
現在式	보내요.
過去式	보냈어요.
未來式	보낼 거예요.
現在進行式	보내고 있어요.
祈使句	보내십시오.
勸誘句	보냅시다.

會話

A : 이거 대만으로 보내 주세요.
i.go*/de*.ma.neu.ro/bo.ne*/ju.se.yo

B : 어떻게 보내 드릴까요?
o*.do*.ke/bo.ne*/deu.ril.ga.yo

A : 항공편으로 보내 주세요.
hang.gong.pyo*.neu.ro/bo.ne*/ju.se.yo

◆中譯◆

A : 請幫我把這個寄到台灣。

B : 怎麼幫您寄呢？

A : 請用空運幫我寄出。

 例句

크리스마스를 잘 보내세요.
keu.ri.seu.ma.seu.reul/jjal/bo.ne*.se.yo
祝你有個愉快的聖誕節。

지난 주말 어떻게 보냈습니까?
ji.nan/ju.mal/o*.do*.ke/bo.ne*t.sseum.ni.ga
你上個周末怎麼過的？

史上，最讚的
韓語動詞、形容詞 123

보다

bo.da

看/考（試）

시험을 보다　si.ho*.meul/bo.da　考試

Track 057

基本變化

格式體尊敬形敘述句	봅니다.
格式體尊敬形疑問句	봅니까?
非格式體尊敬形敘述句	봐요.
非格式體尊敬形疑問句	봐요?
現在式	봐요.
過去式	봤어요.
未來式	볼 거예요.
現在進行式	보고 있어요.
祈使句	보십시오.
勸誘句	봅시다.

A：뭐 봐요?
　mwo/bwa.yo

B：김태희가 주연하는 드라마를 봐요.
　gim.te*.hi.ga/ju.yo*n.ha.neun/deu.ra.ma.reul/bwa.yo

◆中譯◆

A：你在看什麼？

B：我在看金泰熙主演的連續劇。

다음 주에 봅시다.
da.eum/ju.e/bop.ssi.da
下星期見。

언제 시험을 볼 거예요?
o*n.je/si.ho*.meul/bol/go*.ye.yo
什麼時候考試？

이걸 좀 보세요.
i.go*l/jom/bo.se.yo
請看看這個。

史上，最讚的
韓語動詞、形容詞 125

보이다

bo.i.da

看見／看到

慣用語

안 보이다　an/bo.i.da　看不見

Track 058

基本變化

格式體尊敬形敘述句	보입니다.
格式體尊敬形疑問句	보입니까?
非格式體尊敬形敘述句	보여요.
非格式體尊敬形疑問句	보여요?
現在式	보여요.
過去式	보였어요.
未來式	보일 거예요.
現在進行式	보이고 있어요.
祈使句	보이십시오.
勸誘句	보입시다.

A : 저 빌딩이 보이죠? 저기가 내가 일하는 회사예요.
jo*/bil.ding.i/bo.i.jyo//jo*.gi.ga/ne*.ga/il.ha.neun/hwe.
sa.ye.yo

B : 안 보여요. 어디예요?
an/bo.yo*.yo//o*.di.ye.yo

◆中譯◆

A：那棟大樓有看到嗎？那裡是我上班的公司。

B：看不到，在哪裡？

여권을 좀 보여 주세요.
yo*.gwo.neul/jjom/bo.yo*/ju.se.yo
請給我看一下護照。

이 길을 따라서 5분쯤 더 가면 기차역이 보일 거예요.
i/gi.reul/da.ra.so*/o.bun.jjeum/do*/ga.myo*n/gi.cha.yo*.gi/
bo.il/go*.ye.yo
沿著這條路走約五分鐘，就會看到火車站。

부탁하다

bu.ta.ka.da

拜託／請託

類義詞：

청하다　cho*ng.ha.da　請求／要求

Track 059

基本變化

格式體尊敬形敍述句	부탁합니다.
格式體尊敬形疑問句	부탁합니까?
非格式體尊敬形敍述句	부탁해요.
非格式體尊敬形疑問句	부탁해요?
現在式	부탁해요.
過去式	부탁했어요.
未來式	부탁할 거예요.
現在進行式	부탁하고 있어요.
祈使句	부탁하십시오.
勸誘句	부탁합시다.

A : 부탁할 게 있는데 들어 주겠어요?
bu.ta.kal/ge/in.neun.de/deu.ro*/ju.ge.sso*.yo

B : 뭔데요?
mwon.de.yo

A : 나 대신 회의에 참석하면 안 돼요?
na/de*.sin/hwe.ui.e/cham.so*.ka.myo*n/an/dwe*.yo

中譯 ✦

A : 有事拜託你，你願意聽聽嗎？

B : 是什麼？

A : 可以代替我參加會議嗎？

會話

A : 정말로 마지막이에요. 부탁드려요.
jo*ng.mal.lo/ma.ji.ma.gi.e.yo//bu.tak.deu.ryo*.yo

B : 안 돼요. 유천 씨에게 부탁해 보세요.
an/dwe*.yo//yu.cho*n/ssi.e.ge/bu.ta.ke*/bo.se.yo

中譯 ✦

A : 真的是最後一次了，拜託！

B : 不行，你向有天拜託看看。

史上，最讚的
韓語動詞、形容詞

빌리다

bil.li.da
借／租

돈을 빌리다　do.neul/bil.li.da　借錢

Track 060

基本變化

格式體尊敬形敘述句	빌립니다.
格式體尊敬形疑問句	빌립니까?
非格式體尊敬形敘述句	빌려요.
非格式體尊敬形疑問句	빌려요?
現在式	빌려요.
過去式	빌렸어요.
未來式	빌릴 거예요.
現在進行式	빌리고 있어요.
祈使句	빌리십시오.
勸誘句	빌립시다.

會話

A : 이 단어 뜻을 모르겠어. 사전 좀 빌려 줘.
　　i/da.no*/deu.seul/mo.reu.ge.sso*//sa.jo*n/jom/bil.lyo*/jwo

B : 나 지금 쓰고 있는데 잠시만 기다려.
　　na/ji.geum/sseu.go/in.neun.de/jam.si.man/gi.da.ryo*

中譯 ✦

A : 我不知道這個單字的意思。借我字典一下。

B : 我現在在用，你等一下。

例句

십만 원만 빌려 주세요.
sim.man/won.man/bil.lyo*/ju.se.yo
請借我十萬韓圜就好。

친구에게서 만화책 두 권을 빌렸어요.
chin.gu.e.ge.so*/man.hwa.che*k/du/gwo.neul/bil.lyo*.sso*.yo
我向朋友借了兩本漫畫書。

사과하다

sa.gwa.ha.da

道歉

慣用語

잘못을 빌다　jal.mo.seul/bil.da　道歉／賠罪

Track 061

基本變化

格式體尊敬形敘述句	사과합니다.
格式體尊敬形疑問句	사과합니까?
非格式體尊敬形敘述句	사과해요.
非格式體尊敬形疑問句	사과해요?
現在式	사과해요.
過去式	사과했어요.
未來式	사과할 거예요.
現在進行式	사과하고 있어요.
祈使句	사과하십시오.
勸誘句	사과합시다.

會話

A：미안해요. 제가 실수했어요. 사과할게요.
　　mi.an.he*.yo//je.ga/sil.su.he*.sso*.yo//sa.gwa.hal.ge.yo

B：괜찮아요. 저도 잘못이 있어요.
　　gwe*n.cha.na.yo//jo*.do/jal.mo.si/i.sso*.yo

◆中譯◆
A：對不起，我失誤了，我道歉。
B：沒關係，我也有錯。

例句

제 사과 받아 주시겠어요?
je/sa.gwa/ba.da/ju.si.ge.sso*.yo
您願意接受我的道歉嗎？

사과하면 용서해 주실 거죠?
sa.gwa.ha.myo*n/yong.so*.he*/ju.sil/go*.jyo
我道歉的話，您會原諒我吧？

史上，最讚的
韓語動詞、形容詞 **133**

사귀다

sa.gwi.da
交(友)／交往

Track 062

基本變化

格式體尊敬形敘述句	사귑니다.
格式體尊敬形疑問句	사귑니까?
非格式體尊敬形敘述句	사귀어요.
非格式體尊敬形疑問句	사귀어요?
現在式	사귀어요.
過去式	사귀었어요.
未來式	사귈 거예요.
現在進行式	사귀고 있어요.
祈使句	사귀십시오.
勸誘句	사귑시다.

A : 지금 사귀는 사람은 있어요?
　　ji.geum/sa.gwi.neun/sa.ra.meun/i.sso*.yo
B : 아니요, 없는데요.
　　a.ni.yo//o*m.neun.de.yo

◆中譯◆

A : 你現在有在交往的對象嗎？
B : 不，沒有。

나랑 사귑시다.
na.rang/sa.gwip.ssi.da
和我交往吧。

한국에 유학 갔을 때 친구를 많이 사귀었어요.
han.gu.ge/yu.hak/ga.sseul/de*/chin.gu.reul/ma.ni/sa.gwi.
o*.sso*.yo
我去韓國留學的時候，交了很多朋友。

史上，最讚的
韓語動詞、形容詞 **135**

사다

sa.da

買/購買

팔다　pal.da　賣

Track 063

基本變化

格式體尊敬形敘述句	삽니다.
格式體尊敬形疑問句	삽니까?
非格式體尊敬形敘述句	사요.
非格式體尊敬形疑問句	사요?
現在式	사요.
過去式	샀어요.
未來式	살 거예요.
現在進行式	사고 있어요.
祈使句	사십시오.
勸誘句	삽시다.

會話

A：오늘 뭐 샀어요?
　　o.neul/mwo/sa.sso*.yo
B：청바지와 장갑을 샀어요.
　　cho*ng.ba.ji.wa/jang.ga.beul/ssa.sso*.yo

◆中譯◆
A：你今天買了什麼？
B：我買了牛仔褲和手套。

例句

가능하면 새차를 사고 싶어요.
ga.neung.ha.myo*n/se*.cha.reul/ssa.go/si.po*.yo
可以的話，我想買新車。

나랑 밥 같이 먹어요? 내가 살게요.
na.rang/bap/ga.chi/mo*.go*.yo//ne*.ga/sal.ge.yo
要和我一起吃飯嗎？我請客。

사랑하다

sa.rang.ha.da

愛

나라를 사랑하다　na.ra.reul/ssa.rang.ha.da　愛國

Track 064

基本變化

格式體尊敬形敘述句	사랑합니다.
格式體尊敬形疑問句	사랑합니까?
非格式體尊敬形敘述句	사랑해요.
非格式體尊敬形疑問句	사랑해요?
現在式	사랑해요.
過去式	사랑했어요.
未來式	사랑할 거예요.
現在進行式	사랑하고 있어요.
祈使句	사랑하십시오.
勸誘句	사랑합시다.

A : 사랑해요. 나랑 결혼해 줄래요?
   sa.rang.he*.yo//na.rang/gyo*l.hon.he*/jul.le*.yo
B : 나도 준규 씨를 사랑해요.
   na.do/jun.gyu/ssi.reul/ssa.rang.he*.yo

◆中譯◆

A : 我愛你，你願意和我結婚嗎？
B : 我也愛俊奎你。

당신, 나를 사랑하는 거 맞아요?
dang.sin//na.reul/ssa.rang.ha.neun/go*/ma.ja.yo
你真的愛我嗎？

그 사람은 정말 사랑할 수 없나요?
geu/sa.ra.meun/jo*ng.mal/ssa.rang.hal/ssu/o*m.na.yo
我真的不能愛他嗎？

사용하다

sa.yong.ha.da

使用

쓰다 sseu.da 使用／寫

Track 065

基本變化

格式體尊敬形敍述句	사용합니다.
格式體尊敬形疑問句	사용합니까?
非格式體尊敬形敍述句	사용해요.
非格式體尊敬形疑問句	사용해요?
現在式	사용해요.
過去式	사용했어요.
未來式	사용할 거예요.
現在進行式	사용하고 있어요.
祈使句	사용하십시오.
勸誘句	사용합시다.

A : 이 핸드폰을 사용하는 법 좀 가르쳐 주세요.
    i/he*n.deu.po.neul/ssa.yong.ha.neun/bo*p/jom/ga.reu.
    cho*/ju.se.yo
B : 여기 사용 설명서가 있습니다. 한 번 읽어 보세요.
    yo*.gi/sa.yong.so*l.myo*ng.so*.ga/it.sseum.ni.da//han/
    bo*n/il.go*/bo.se.yo

✦中譯✦

A：請教我這支手機的使用方法。
B：這裡有使用說明書，請您看看。

화장실을 사용해도 되나요?
hwa.jang.si.reul/ssa.yong.he*.do/dwe.na.yo
我可以使用化妝室嗎？

컴퓨터를 사용하고 싶은데 여기 있습니까?
ko*m.pyu.to*.reul/ssa.yong.ha.go/si.peun.de/yo*.gi/it.sseum.
ni.ga
我想使用電腦，這裡有嗎？

살다

sal.da

住／活

Track 066

基本變化

格式體尊敬形敘述句	삽니다.
格式體尊敬形疑問句	삽니까?
非格式體尊敬形敘述句	살아요.
非格式體尊敬形疑問句	살아요?
現在式	살아요.
過去式	살았어요.
未來式	살 거예요.
現在進行式	살고 있어요.
祈使句	사십시오.
勸誘句	삽시다.

會話

A : 어디서 삽니까?
　　o*.di.so*/sam.ni.ga
B : 저는 대구에서 삽니다.
　　jo*.neun/de*.gu.e.so*/sam.ni.da

✦中譯✦
A : 你住在哪裡？
B : 我住在大邱。

例句

큰 집에서 살고 싶어요.
keun/ji.be.so*/sal.go/si.po*.yo
我想住在大房子裡。

사는 곳이 어디입니까?
sa.neun/go.si/o*.di.im.ni.ga
你住在哪裡？

그는 아직 살아있는 겁니까?
geu.neun/a.jik/sa.ra.in.neun/go*m.ni.ga
他還活著嗎？

史上，最讚的
韓語動詞、形容詞 143

생각하다

se*ng.ga.ka.da

想／思考

相關詞

생각나다　se*ng.gang.na.da　想起來

Track 067

基本變化

格式體尊敬形敘述句	생각합니다.
格式體尊敬形疑問句	생각합니까?
非格式體尊敬形敘述句	생각해요.
非格式體尊敬形疑問句	생각해요?
現在式	생각해요.
過去式	생각했어요.
未來式	생각할 거예요.
現在進行式	생각하고 있어요.
祈使句	생각하십시오.
勸誘句	생각합시다.

A : 좀 더 생각해 보겠습니다.
    jom/do*/se*ng.ga.ke*/bo.get.sseum.ni.da
B : 언제쯤 대답을 들을 수 있을까요?
    o*n.je.jjeum/de*.da.beul/deu.reul/ssu/i.sseul.ga.yo
A : 내일까지 꼭 대답할게요.
    ne*.il.ga.ji/gok/de*.da.pal.ge.yo

✦中譯✦
A：我再考慮一下。
B：什麼時候可以回答我？
A：明天之前一定回答你。

무슨 생각을 하십니까?
mu.seun/se*ng.ga.geul/ha.sim.ni.ga
您在想什麼？

그녀는 착한 여자라고 생각합니다.
geu.nyo*.neun/cha.kan/yo*.ja.ra.go/se*ng.ga.kam.ni.da
我認為她是乖巧的女孩。

史上，最讚的
韓語動詞、形容詞 145

생기다

se*ng.gi.da

發生／產生

慣用語

오해가 생기다　o.he*.ga/se*ng.gi.da　產生誤會

Track 068

基本變化

格式體尊敬形敘述句	생깁니다.
格式體尊敬形疑問句	생깁니까?
非格式體尊敬形敘述句	생겨요.
非格式體尊敬形疑問句	생겨요?
現在式	생겨요.
過去式	생겼어요.
未來式	생길 거예요.
現在進行式	생기고 있어요.
祈使句	생기십시오.
勸誘句	생깁시다.

A : 오늘 밤 약속 안 잊었죠?
　　o.neul/bam/yak.ssok/an/i.jo*t.jjyo

B : 어쩌죠? 중요한 일이 생겨서 못 갈 것 같아요.
　　o*.jjo*.jyo//jung.yo.han/i.ri/se*ng.gyo*.so*/mot/gal/
　　go*t/ga.ta.yo

◆中譯◆

A : 今天晚上的約會沒忘記吧？

B : 怎麼辦？我有重要的事情，好像不能去了。

例句

준수 씨는 정말 잘 생겼어요.
jun.su/ssi.neun/jo*ng.mal/jjal/sse*ng.gyo*.sso*.yo
俊秀真的長得很帥。

혹시 여자친구가 생겼어요?
hok.ssi/yo*.ja.chin.gu.ga/se*ng.gyo*.sso*.yo
你是不是有女朋友了？

史上，最讚的
韓語動詞、形容詞 147

설명하다

so*l.myo*ng.ha.da

説明/解釋

類義詞

해설하다　he*.so*l.ha.da　解說

Track 069

基本變化

格式體尊敬形敘述句	설명합니다.
格式體尊敬形疑問句	설명합니까?
非格式體尊敬形敘述句	설명해요.
非格式體尊敬形疑問句	설명해요?
現在式	설명해요.
過去式	설명했어요.
未來式	설명할 거예요.
現在進行式	설명하고 있어요.
祈使句	설명하십시오.
勸誘句	설명합시다.

會話

A : 죄송합니다. 전 한국어를 못 알아들어요.
    jwe.song.ham.ni.da//jo*n/han.gu.go*.reul/mot/a.ra.deu.
    ro*.yo
B : 그럼 영어로 설명해 드릴까요?
    geu.ro*m/yo*ng.o*.ro/so*l.myo*ng.he*/deu.ril.ga.yo
A : 네, 잘 부탁합니다.
    ne//jal/bu.ta.kam.ni.da

◆中譯◆
A : 對不起，我聽不懂韓語。
B : 那要用英語為您說明嗎？
A : 是的，麻煩您。

例句

다시 한 번 설명해 주시겠어요?
da.si/han/bo*n/so*l.myo*ng.he*/ju.si.ge.sso*.yo
您可以再說明一次嗎？

자세히 설명해 주세요.
ja.se.hi/so*l.myo*ng.he*/ju.se.yo
請您仔細說明。

史上，最讚的
韓語動詞、形容詞 149

쉬다

---

swi.da

休息

휴식하다　hyu.si.ka.da　休息

Track 070

基本變化

格式體尊敬形敘述句	쉽니다.
格式體尊敬形疑問句	쉽니까?
非格式體尊敬形敘述句	쉬어요.
非格式體尊敬形疑問句	쉬어요?
現在式	쉬어요.
過去式	쉬었어요.
未來式	쉴 거예요.
現在進行式	쉬고 있어요.
祈使句	쉬십시오.
勸誘句	쉽시다.

A : 지난 주말에 뭐 했어요?
　　ji.nan/ju.ma.re/mwo/he*.sso*.yo
B : 집에서 쉬었어요.
　　ji.be.so*/swi.o*.sso*.yo
A : 밖에 안 나갔어요?
　　ba.ge/an/na.ga.sso*.yo
B : 네, 집에서 쉬고 싶었어요.
　　ne//ji.be.so*/swi.go/si.po*.sso*.yo

◆中譯◆
A : 上個周末你在做什麼？
B : 在家裡休息。
A : 沒有出門嗎？
B : 是的，想在家裡休息。

例句

피곤하시죠? 여기서 좀 쉬세요.
pi.gon.ha.si.jyo//yo*.gi.so*/jom/swi.se.yo
您累了吧？請在這裡休息一下。

시키다

si.ki.da

點(菜)／叫外送

類義詞

주문하다　ju.mun.ha.da　點(菜)／訂(貨)

Track 071

基本變化

格式體尊敬形敘述句	시킵니다.
格式體尊敬形疑問句	시킵니까?
非格式體尊敬形敘述句	시켜요.
非格式體尊敬形疑問句	시켜요?
現在式	시켜요.
過去式	시켰어요.
未來式	시킬 거예요.
現在進行式	시키고 있어요.
祈使句	시키십시오.
勸誘句	시킵시다.

- A：뭘 시킬까요?
  mwol/si.kil.ga.yo
- B：막걸리를 시킵시다.
  mak.go*l.li.reul/ssi.kip.ssi.da
- A：술을 시켰으니 안주도 시킵시다.
  su.reul/ssi.kyo*.sseu.ni/an.ju.do/si.kip.ssi.da

◆中譯◆

A：要點什麼？
B：我們點米酒吧。
A：酒點好了，也點下酒菜吧。

지금 치킨을 시켜 먹을까요?
ji.geum/chi.ki.neul/ssi.kyo*/mo*.geul.ga.yo
要不要現在叫外送的炸雞來吃？

음식을 잘못 시켰어요.
eum.si.geul/jjal.mot/si.kyo*.sso*.yo
我點錯菜了。

신다

sin.da
穿(鞋/襪子)

慣用語
구두를 신다　gu.du.reul/ssin.da　穿皮鞋

Track 072

基本變化

格式體尊敬形敘述句	신습니다.
格式體尊敬形疑問句	신습니까?
非格式體尊敬形敘述句	신어요.
非格式體尊敬形疑問句	신어요?
現在式	신어요.
過去式	신었어요.
未來式	신을 거예요.
現在進行式	신고 있어요.
祈使句	신으십시오.
勸誘句	신읍시다.

會話

A : 오늘 새 구두를 신으셨어요?
   o.neul/sse*/gu.du.reul/ssi.neu.syo*.sso*.yo

B : 네, 어제 백화점에서 산 거예요.
   ne//o*.je/be*.kwa.jo*.me.so*/san.go*.ye.yo

A : 미연 씨한테 정말 잘 어울리네요.
   mi.yo*n/ssi.han.te/jo*ng.mal/jjal/o*.ul.li.ne.yo

◆中譯◆

A : 今天您穿新皮鞋嗎？
B : 是的，昨天在百貨公司買的。
A : 真的很適合美妍你呢！

例句

오늘 무슨 색 스타킹을 신었어요?
o.neul/mu.seun/se*k/seu.ta.king.eul/ssi.no*.sso*.yo
你今天穿什麼顏色的絲襪呢？

한 번 신어 보세요.
han/bo*n/si.no*/bo.se.yo
請試穿看看。

史上，最讚的
韓語動詞、形容詞

싫어하다

si.ro*.ha.da

討厭／不喜歡

反義詞

좋아하다　jo.a.ha.da　喜歡

Track 073

基本變化

格式體尊敬形敘述句	싫어합니다.
格式體尊敬形疑問句	싫어합니까?
非格式體尊敬形敘述句	싫어해요.
非格式體尊敬形疑問句	싫어해요?
現在式	싫어해요.
過去式	싫어했어요.
未來式	싫어할 거예요.
現在進行式	싫어하고 있어요.
祈使句	싫어하십시오.
勸誘句	싫어합시다.

會話

A : 그 강아지가 귀엽죠?
　　geu/gang.a.ji.ga/gwi.yo*p.jjyo
B : 나는 개를 싫어해요.
　　na.neun/ge*.reul/ssi.ro*.he*.yo

◆中譯◆
A : 那隻小狗很可愛吧?
B : 我不喜歡狗。

例句

저는 청소하는 것을 싫어합니다.
jo*.neun/cho*ng.so.ha.neun/go*.seul/ssi.ro*.ham.ni.da
我討厭打掃。

제일 싫어하는 것이 뭐예요?
je.il/si.ro*.ha.neun/go*.si/mwo.ye.yo
你最討厭的是什麼?

한때 저는 분홍색을 많이 싫어했어요.
han.de*/jo*.neun/bun.hong.se*.geul/ma.ni/si.ro*.he*.sso*.yo
有陣子我很討厭粉紅色。

쓰다

sseu.da

寫／戴／使用

모자를 쓰다　mo.ja.reul/sseu.da　戴帽子

Track 074

基本變化

格式體尊敬形敘述句	씁니다.
格式體尊敬形疑問句	씁니까?
非格式體尊敬形敘述句	써요.
非格式體尊敬形疑問句	써요?
現在式	써요.
過去式	썼어요.
未來式	쓸 거예요.
現在進行式	쓰고 있어요.
祈使句	쓰십시오.
勸誘句	씁시다.

會話

A : 뭘 쓰고 있어요?
　　mwol/sseu.go/i.sso*.yo
B : 한국 친구에게 줄 엽서를 쓰고 있어요.
　　han.guk/chin.gu.e.ge/jul/yo*p.sso*.reul/sseu.go/i.sso*.yo

◆中譯◆

A : 你在寫什麼？
B : 我在寫給韓國朋友的明信片。

例句

빨간 모자를 쓰고 있는 사람은 내 친구예요.
bal.gan/mo.ja.reul/sseu.go/in.neun/sa.ra.meun/ne*/chin.
gu.ye.yo
戴紅色帽子的人是我朋友。

이 컴퓨터를 좀 써도 돼요?
i/ko*m.pyu.to*.reul/jjom/sso*.do/dwe*.yo
我可以用這台電腦嗎？

史上，最讚的
韓語動詞、形容詞 **159**

앉다
an.da
坐

일어나다　i.ro*.na.da　起來／起床

Track 075

基本變化

格式體尊敬形敍述句	앉습니다.
格式體尊敬形疑問句	앉습니까?
非格式體尊敬形敍述句	앉아요.
非格式體尊敬形疑問句	앉아요?
現在式	앉아요.
過去式	앉았어요.
未來式	앉을 거예요.
現在進行式	앉고 있어요.
祈使句	앉으십시오.
勸誘句	앉읍시다.

會話

A : 준영 씨, 이리 와서 같이 앉아요.
　　ju.nyo*ng/ssi//i.ri/wa.so*//ga.chi/an.ja.yo

B : 태희 씨 옆에 앉아도 되죠?
　　te*.hi/ssi/yo*.pe/an.ja.do/dwe.jyo

A : 물론이죠, 앉으세요.
　　mul.lo.ni.jyo//an.jeu.se.yo

中譯 ✦

A : 俊英，過來這裡一起坐。
B : 我可以坐在泰熙的旁邊嗎？
A : 當然，請坐。

例句

손님, 여기 앉아서 기다리세요.
son.nim//yo*.gi/an.ja.so*/gi.da.ri.se.yo
客人，請坐在這裡等候。

우리 창가 쪽 자리에 앉읍시다.
u.ri/chang.ga/jjok/ja.ri.e/an.jeup.ssi.da
我們坐在靠窗的位子吧。

史上，最讚的
韓語動詞、形容詞 **161**

알다

al.da

知道／認識

反義詞

모르다 mo.reu.da 不知道／不認識

Track 076

基本變化

格式體尊敬形敘述句	압니다.
格式體尊敬形疑問句	압니까?
非格式體尊敬形敘述句	알아요.
非格式體尊敬形疑問句	알아요?
現在式	알아요.
過去式	알았어요.
未來式	알 거예요.
現在進行式	알고 있어요.
祈使句	아십시오.
勸誘句	압시다.

會話

A : 둘이 아는 사이예요?
　　du.ri/a.neun/sa.i.ye.yo
B : 네, 내 대학 후배예요.
　　ne//ne*/de*.hak/hu.be*.ye.yo

◆中譯◆

A：你們兩個認識嗎？
B：認識，他是我大學後輩。

 例句

알겠습니다.
al.get.sseum.ni.da
我知道了。

교실이 어디인지 알아요?
gyo.si.ri/o*.di.in.ji/a.ra.yo
你知道教室在哪裡嗎？

내가 어떻게 알아요?
ne*.ga/o*.do*.ke/a.ra.yo
我怎麼知道？

예약하다

ye.ya.ka.da
預約／訂（位）

慣用語

좌석을 예약하다　jwa.so*.geul/ye.ya.ka.da　訂位

Track 077

基本變化

格式體尊敬形敘述句	예약합니다.
格式體尊敬形疑問句	예약합니까?
非格式體尊敬形敘述句	예약해요.
非格式體尊敬形疑問句	예약해요?
現在式	예약해요.
過去式	예약했어요.
未來式	예약할 거예요.
現在進行式	예약하고 있어요.
祈使句	예약하십시오.
勸誘句	예약합시다.

會話

A : 예약하셨어요?
ye.ya.ka.syo*.sso*.yo

B : 아니요, 예약하지 않았어요. 빈 자리 있어요?
a.ni.yo//ye.ya.ka.ji.a.na.sso*.yo//bin/ja.ri/i.sso*.yo

◆ 中譯 ◆

A : 您有預約嗎？
B : 沒有，我沒有預約，有位子嗎？

例句

영화표 두 장을 예약했는데 같이 영화 보러 갈까요?
yo*ng.hwa.pyo/du/jang.eul/ye.ya.ke*n.neun.de/ga.chi/
yo*ng.hwa/bo.ro*/gal.ga.yo
我訂了兩張電影票，要不要一起去看？

저는 이미 비행기표와 호텔을 예약했어요.
jo*.neun/i.mi/bi.he*ng.gi.pyo.wa/ho.te.reul/ye.ya.ke*.sso*.yo
我已經訂好飛機票和飯店了。

오다

o.da

來

反義詞

가다　ga.da　去

Track 078

基本變化

格式體尊敬形敘述句	옵니다.
格式體尊敬形疑問句	옵니까?
非格式體尊敬形敘述句	와요.
非格式體尊敬形疑問句	와요?
現在式	와요.
過去式	왔어요.
未來式	올 거예요.
現在進行式	오고 있어요.
祈使句	오십시오.
勸誘句	옵시다.

會話

A : 누가 오셨어요?
   nu.ga/o.syo*.sso*.yo
B : 큰 어머니가 오셨어요.
   keun/o*.mo*.ni.ga/o.syo*.sso*.yo

◆中譯◆
A : 誰來了？
B : 伯母來了。

例句

이번 주말에 우리 집에 놀러 와요.
i.bo*n/ju.ma.re/u.ri/ji.be/nol.lo*/wa.yo
這個週末來我家玩吧。

저는 한국에서 왔어요.
jo*.neun/han.gu.ge.so*/wa.sso*.yo
我是從韓國來的。

저는 대만에서 온 유학생입니다.
jo*.neun/de*.ma.ne.so*/on/yu.hak.sse*ng.im.ni.da
我是從台灣來的留學生。

울다

ul.da

哭

基本變化

格式體尊敬形敘述句	웁니다.
格式體尊敬形疑問句	웁니까?
非格式體尊敬形敘述句	울어요.
非格式體尊敬形疑問句	울어요?
現在式	울어요.
過去式	울었어요.
未來式	울 거예요.
現在進行式	울고 있어요.
祈使句	우십시오.
勸誘句	웁시다.

會話

A：무슨 일이에요? 왜 울어요?
mu.seun/i.ri.e.yo//we*/u.ro*.yo

B：난 괜찮으니까 잠깐 나를 혼자 있게 해 줘요.
nan/gwe*n.cha.neu.ni.ga/jam.gan/na.reul/hon.ja/it.ge/
he*/jwo.yo

◆中譯◆

A：什麼事情啊？為什麼哭？

B：我沒事，暫時讓我一個人待著。

例句

울지 말아요. 내가 도와 줄게요.
ul.ji/ma.ra.yo//ne*.ga/do.wa/jul.ge.yo
不要哭，我會幫你。

어제 전 밤새 울었어요.
o*.je/jo*n/bam.se*/u.ro*.sso*.yo
昨天我哭了一整晚。

웃다

ut.da

笑

反義詞

울다　ul.da　哭

Track 080

基本變化

格式體尊敬形敘述句	웃습니다.
格式體尊敬形疑問句	웃습니까?
非格式體尊敬形敘述句	웃어요.
非格式體尊敬形疑問句	웃어요?
現在式	웃어요.
過去式	웃었어요.
未來式	웃을 거예요.
現在進行式	웃고 있어요.
祈使句	웃으십시오.
勸誘句	웃읍시다.

會話

A : 준수 씨는 왜 웃어요?
　　jun.su/ssi.neun/we*/u.so*.yo
B : 갑자기 재미있는 게 생각나서 그래요.
　　gap.jja.gi/je*.mi.in.neun/ge/se*ng.gang.na.so*/geu.re*.yo

◆中譯◆

A : 俊秀你為什麼笑？
B : 因為突然想到有趣的事情。

例句

항상 웃으십시오!
hang.sang/u.seu.sip.ssi.o
請保持笑容！

웃지 마세요.
ut.jji/ma.se.yo
請不要笑。

일어나다

i.ro*.na.da

起床／站起來

자다　ja.da　睡覺

Track 081

基本變化

格式體尊敬形敘述句	일어납니다.
格式體尊敬形疑問句	일어납니까?
非格式體尊敬形敘述句	일어나요.
非格式體尊敬形疑問句	일어나요?
現在式	일어나요.
過去式	일어났어요.
未來式	일어날 거예요.
現在進行式	일어나고 있어요.
祈使句	일어나십시오.
勸誘句	일어납시다.

會話

A : 보통 몇 시에 일어나요?
　　bo.tong/myo*t/si.e/i.ro*.na.yo
B : 저는 보통 아침 아홉 시에 일어나요.
　　jo*.neun/bo.tong/a.chim/a.hop/si.e/i.ro*.na.yo

◆中譯◆

A : 你通常幾點幾床？
B : 我通常早上九點起床。

例句

다들 일어나십시오.
da.deul/i.ro*.na.sip.ssi.o
請大家站起來。

내일 일찍 일어나야 돼서 이만 잘게요.
ne*.il/il.jjik/i.ro*.na.ya/dwe*.so*/i.man/jal.ge.yo
明天我要早起，我先去睡了。

읽다

ik.da

閱讀／念

보다　bo.da　看

Track 082

基本變化

格式體尊敬形敍述句	읽습니다.
格式體尊敬形疑問句	읽습니까?
非格式體尊敬形敍述句	읽어요.
非格式體尊敬形疑問句	읽어요?
現在式	읽어요.
過去式	읽었어요.
未來式	읽을 거예요.
現在進行式	읽고 있어요.
祈使句	읽으십시오.
勸誘句	읽읍시다.

會話

A : 한가할 때 보통 뭐 해요?
　　han.ga.hal/de*/bo.tong/mwo/he*.yo

B : 음악을 들으면서 책을 읽어요.
　　eu.ma.geul/deu.reu.myo*n.so*/che*.geul/il.go*.yo

◆中譯◆

A : 空閒時，你一般會做什麼？

B : 我會一邊聽音樂一邊看書。

例句

신문을 읽읍시다.
sin.mu.neul/il.geup.ssi.da
我們看報紙吧。

이 영어는 어떻게 읽어야 하나요?
i/yo*ng.o*.neun/o*.do*.ke/il.go*.ya/ha.na.yo
這個英文怎麼念？

잃다

il.ta

失去／迷失

慣用語

길을 잃다　gi.reul/il.ta　迷路

Track 083

基本變化

格式體尊敬形敘述句	잃습니다.
格式體尊敬形疑問句	잃습니까?
非格式體尊敬形敘述句	잃어요.
非格式體尊敬形疑問句	잃어요?
現在式	잃어요.
過去式	잃었어요.
未來式	잃을 거예요.
現在進行式	잃고 있어요.
祈使句	잃으십시오.
勸誘句	잃읍시다.

A：실례합니다. 전 길을 잃었어요. 길 좀 가르쳐 주세요.
　　sil.lye.ham.ni.da//jo*n/gi.reul/i.ro*.sso*.yo//gil/jom/
　　ga.reu.cho*/ju.se.yo
B：네, 어디 가시려고요?
　　ne//o*.di/ga.si.ryo*.go.yo

✦中譯✦

A：打擾一下，我迷路了，請告訴我怎麼走。
B：好的，您要去哪裡？

例句

핸드폰을 잃었어요. 좀 찾아 주세요.
he*n.deu.po.neul/i.ro*.sso*.yo./jom/cha.ja/ju.se.yo
我手機弄不見了，請幫我找找。

어린 시절의 기억을 잃었어요.
o*.rin/si.jo*.rui/gi.o*.geul/i.ro*.sso*.yo
我失去了小時候的記憶。

史上，最讚的
韓語動詞、形容詞 **177**

입다
ip.da
穿

反義詞

벗다 bo*t.da 脫

Track 084

基本變化

格式體尊敬形敘述句	입습니다.
格式體尊敬形疑問句	입습니까?
非格式體尊敬形敘述句	입어요.
非格式體尊敬形疑問句	입어요?
現在式	입어요.
過去式	입었어요.
未來式	입을 거예요.
現在進行式	입고 있어요.
祈使句	입으십시오.
勸誘句	입읍시다.

會話

A : 내일 치마 입어요? 바지 입어요?
  ne*.il/chi.ma/i.bo*.yo//ba.ji/i.bo*.yo
B : 내일 소풍 갈 거니까 바지를 입어요.
  ne*.il/so.pung/gal/go*.ni.ga/ba.ji.reul/i.bo*.yo

✦中譯✦

A : 明天穿裙子還是穿褲子？
B : 明天要去郊遊，穿褲子吧。

例句

오늘 파란색 옷을 입었어요.
o.neul/pa.ran.se*k/o.seul/i.bo*.sso*.yo
今天穿了藍色的衣服。

저기 검은색 원피스를 입은 여자가 우리 동생이에요.
jo*.gi/go*.meun.se*k/won.pi.seu.reul/i.beun/yo*.ja.ga/u.ri/
dong.se*ng.i.e.yo
那裡穿著黑色連身洋裝的女生是我妹妹。

잊다

it.da

忘記

反義詞：
기억하다　gi.o*.ka.da　記得

Track 085

基本變化

格式體尊敬形敘述句	잊습니다.
格式體尊敬形疑問句	잊습니까?
非格式體尊敬形敘述句	잊어요.
非格式體尊敬形疑問句	잊어요?
現在式	잊어요.
過去式	잊었어요.
未來式	잊을 거예요.
現在進行式	잊고 있어요.
祈使句	잊으십시오.
勸誘句	잊읍시다.

會話

A：내가 한 말 잊지 말아요.
　　ne*.ga/han/mal/it.jji/ma.ra.yo
B：알았어요. 절대 잊지 않을게요.
　　a.ra.sso*.yo//jo*l.de*/it.jji/a.neul.ge.yo

✦ **中譯** ✦

A：我說的話不要忘記。
B：知道了，我絕對不會忘記。

 例句

그건 잊어도 됩니다.
geu.go*n/i.jo*.do/dwem.ni.da
那個可以忘記。

그건 잊으면 안 됩니다.
geu.go*n/i.jeu.myo*n/an/dwem.ni.da
那個不可以忘記。

정말 잊으면 어떡해요?
jo*ng.mal/i.jeu.myo*n/o*.do*.ke*.yo
真的忘記的話怎麼辦？

史上，最讚的
韓語動詞、形容詞 **181**

자다

ja.da

睡覺

同義詞

주무시다　ju.mu.si.da　睡覺（자다的敬語）

Track 086

基本變化

格式體尊敬形敘述句	잡니다.
格式體尊敬形疑問句	잡니까?
非格式體尊敬形敘述句	자요.
非格式體尊敬形疑問句	자요?
現在式	자요.
過去式	잤어요.
未來式	잘 거예요.
現在進行式	자고 있어요.
祈使句	자십시오.
勸誘句	잡시다.

會話

A : 너무 피곤해서 먼저 잘게요.
　　no*.mu/pi.gon.he*.so*/mo*n.jo*/jal.ge.yo
B : 잘 자요.
　　jal/jja.yo

◆中譯◆
A : 我很累先去睡了。
B : 晚安。

例句

너무 늦어서 그냥 찜질방에서 잘 거예요.
no*.mu/neu.jo*.so*/geu.nyang/jjim.jil.bang.e.so*/jal/go*.
ye.yo
太晚了，我要直接在汗蒸幕睡覺。

나 오늘 엄마랑 자도 돼요?
na/o.neul/o*m.ma.rang/ja.do/dwe*.yo
我今天可以跟媽媽你一起睡嗎？

안녕히 주무셨어요?
an.nyo*ng.hi/ju.mu.syo*.sso*.yo
早安。

史上，最讚的
韓語動詞、形容詞 **183**

잘하다

jal.ha.da

做得好

못하다　mo.ta.da　不會做／做不好

Track 087

基本變化

格式體尊敬形敘述句	잘합니다.
格式體尊敬形疑問句	잘합니까?
非格式體尊敬形敘述句	잘해요.
非格式體尊敬形疑問句	잘해요?
現在式	잘해요.
過去式	잘했어요.
未來式	잘할 거예요.
現在進行式	잘하고 있어요.
祈使句	잘하십시오.
勸誘句	잘합시다.

會話

A：이번에는 정말 잘했어요.
　　i.bo*.ne.neun/jo*ng.mal/jjal.he*.sso*.yo

B：고맙습니다. 앞으로 더 잘할 거예요.
　　go.map.sseum.ni.da//a.peu.ro/do*/jal.hal/go*.ye.yo

◆中譯◆

A：這次你做得很好。

B：謝謝，以後我會做得更好。

잘하는 게 뭐예요?
jal.ha.neun/ge/mwo.ye.yo
你擅長什麼？

언니는 영어를 아주 잘합니다.
o*n.ni.neun/yo*ng.o*.reul/a.ju/jal.ham.ni.da
姊姊英語講得很好。

형은 머리가 좋을 뿐만 아니라 운동도 잘해요.
hyo*ng.eun/mo*.ri.ga/jo.eul/bun.man/a.ni.ra/un.dong.do/
jal.he*.yo
哥哥不只頭腦好，也很會運動。

史上，最讚的
韓語動詞、形容詞 185

좋아하다

jo.a.ha.da

喜歡

反義詞

싫어하다　si.ro*.ha.da　討厭／不喜歡

Track 088

基本變化

格式體尊敬形敘述句	좋아합니다.
格式體尊敬形疑問句	좋아합니까?
非格式體尊敬形敘述句	좋아해요.
非格式體尊敬形疑問句	좋아해요?
現在式	좋아해요.
過去式	좋아했어요.
未來式	좋아할 거예요.
現在進行式	좋아하고 있어요.
祈使句	좋아하십시오.
勸誘句	좋아합시다.

會話

A : 뭐 좋아해요?
  mwo/jo.a.he*.yo

B : 나는 쇼핑하는 것을 좋아해요.
  na.neun/syo.ping.ha.neun/go*.seul/jjo.a.he*.yo

✦中譯✦

A : 你喜歡什麼？

B : 我喜歡購物。

나 당신을 좋아해도 돼요?
na/dang.si.neul/jjo.a.he*.do/dwe*.yo
我可以喜歡你嗎？

저는 고양이를 너무 좋아해요.
jo*.neun/go.yang.i.reul/no*.mu/jo.a.he*.yo
我很喜歡貓咪。

그땐 오빠를 많이 좋아했어요.
geu.de*n/o.ba.reul/ma.ni/jo.a.he*.sso*.yo
那個時候我很喜歡哥哥你。

史上，最讚的
韓語動詞、形容詞 **187**

주다

ju.da

給

同義詞

드리다　deu.ri.da　（주다的敬語）

基本變化

格式體尊敬形敘述句	줍니다.
格式體尊敬形疑問句	줍니까?
非格式體尊敬形敘述句	줘요.
非格式體尊敬形疑問句	줘요?
現在式	줘요.
過去式	줬어요.
未來式	줄 거예요.
現在進行式	주고 있어요.
祈使句	주십시오.
勸誘句	줍시다.

會話

A : 토마토 한 봉지에 얼마예요?
　　to.ma.to/han/bong.ji.e/o*l.ma.ye.yo

B : 오천 원이에요.
　　o.cho*n/wo.ni.e.yo

A : 그럼 두 봉지를 주세요.
　　geu.ro*m/du/bong.ji.reul/jju.se.yo

✦中譯✦

A : 番茄一包多少錢？

B : 五千韓圜。

A : 那給我兩包。

例句

부모님이 생일 선물을 주셨어요.
bu.mo.ni.mi/se*ng.il/so*n.mu.reul/jju.syo*.sso*.yo
爸媽送了我生日禮物。

아이스 커피로 주세요.
a.i.seu/ko*.pi.ro/ju.se.yo
請給我冰咖啡。

史上，最讚的
韓語動詞、形容詞

지내다

ji.ne*.da

度過／過（日子）

慣用語

제사를 지내다　je.sa.reul/jji.ne*.da　舉行祭祀

Track 090

基本變化

格式體尊敬形敍述句	지냅니다.
格式體尊敬形疑問句	지냅니까?
非格式體尊敬形敍述句	지내요.
非格式體尊敬形疑問句	지내요?
現在式	지내요.
過去式	지냈어요.
未來式	지낼 거예요.
現在進行式	지내고 있어요.
祈使句	지내십시오.
勸誘句	지냅시다.

- A：오래간만이에요. 그동안 잘 지냈어요?
  o.re*.gan.ma.ni.e.yo//geu.dong.an/jal/jji.ne*.sso*.yo
- B：잘 지냈어요. 연희 씨도 잘 지냈죠?
  jal/jji.ne*.sso*.yo/yo*n.hi/ssi.do/jal/jji.ne*t.jjyo
- A：덕분에 잘 지냈어요.
  do*k.bu.ne/jal/jji.ne*.sso*.yo

◆中譯◆

A：好久不見，這陣子過得好嗎？
B：過得很好，妍熙你也過得很好吧？
A：托你的福過得很好。

요즘 어떻게 지내세요?
yo.jeum/o*.do*.ke/ji.ne*.se.yo
最近過得如何？

저는 잘 지내고 있어요.
jo*.neun/jal/jji.ne*.go/i.sso*.yo
我過得很好。

지키다
ji.ki.da
遵守／守護

약속을 지키다　yak.sso.geul/jji.ki.da　遵守約定

Track 091

基本變化

格式體尊敬形敘述句	지킵니다.
格式體尊敬形疑問句	지킵니까?
非格式體尊敬形敘述句	지켜요.
非格式體尊敬形疑問句	지켜요?
現在式	지켜요.
過去式	지켰어요.
未來式	지킬 거예요.
現在進行式	지키고 있어요.
祈使句	지키십시오.
勸誘句	지킵시다.

會話

A : 약속 꼭 지켜야 돼요.
   yak.ssok/gok/ji.kyo*.ya/dwe*.yo
B : 걱정하지 말아요. 나는 약속을 잘 지키는 사람이에요.
   go*k.jjo*ng.ha.ji/ma.ra.yo//na.neun/yak.sso.geul/jjal/jji.
   ki.neun/sa.ra.mi.e.yo

中譯✦

A : 你一定要守約。
B : 別擔心，我是很守約的人。

例句

왜 자꾸 약속을 안 지켜요?
we*/ja.gu/yak.sso.geul/an/ji.kyo*.yo
你為什麼總是不守約定？

나를 좀 지켜 줘요.
na.reul/jjom/ji.kyo*/jwo.yo
守護我吧。

찾다

chat.da

尋找／找到

Track 092

基本變化

格式體尊敬形敘述句	찾습니다.
格式體尊敬形疑問句	찾습니까?
非格式體尊敬形敘述句	찾아요.
非格式體尊敬形疑問句	찾아요?
現在式	찾아요.
過去式	찾았어요.
未來式	찾을 거예요.
現在進行式	찾고 있어요.
祈使句	찾으십시오.
勸誘句	찾읍시다.

會話

A : 잃어버린 사진은 찾았어요?
　　i.ro*.bo*.rin/sa.ji.neun/cha.ja.sso*.yo
B : 아직 못 찾았어요.
　　a.jik/mot/cha.ja.sso*.yo

中譯 ✦
A : 你弄丟的照片找到了嗎？
B : 還沒找到。

例句

뭐 찾고 있습니까?
mwo/chat.go/it.sseum.ni.ga
你在找什麼？

더 좋은 남자를 찾아요.
do*/jo.eun/nam.ja.reul/cha.ja.yo
去找更好的男人吧。

제 지갑을 찾아 주셔서 감사합니다.
je/ji.ga.beul/cha.ja/ju.syo*.so*/gam.sa.ham.ni.da
謝謝您幫我找皮夾。

史上，最讚的
韓語動詞、形容詞 **195**

타다

ta.da

搭（車）

慣用語

버스를 타다　bo*.seu.reul/ta.da　搭公車

Track 093

基本變化

格式體尊敬形敘述句	탑니다.
格式體尊敬形疑問句	탑니까?
非格式體尊敬形敘述句	타요.
非格式體尊敬形疑問句	타요?
現在式	타요.
過去式	탔어요.
未來式	탈 거예요.
現在進行式	타고 있어요.
祈使句	타십시오.
勸誘句	탑시다.

A : 타요. 내가 데려다 줄게요.
　　ta.yo//ne*.ga/de.ryo*.da/jul.ge.yo

B : 됐어요. 버스 금방 올 거예요.
　　dwe*.sso*.yo//bo*.seu/geum.bang/ol/go*.ye.yo

◆中譯◆

A：上車吧！我送你。
B：不用了，公車快來了。

저는 지하철을 타고 회사에 갑니다.
jo*.neun/ji.ha.cho*.reul/ta.go/hwe.sa.e/gam.ni.da
我搭地鐵去上班。

제가 어느 버스를 타야 하나요?
je.ga/o*.neu/bo*.seu.reul/ta.ya/ha.na.yo
我該搭哪班公車？

택시를 탑시다.
te*k.ssi.reul/tap.ssi.da
我們搭計程車吧。

팔다

pal.da

賣

類義詞

판매하다　pan.me*.ha.da　販賣

Track 094

基本變化

格式體尊敬形敘述句	팝니다.
格式體尊敬形疑問句	팝니까?
非格式體尊敬形敘述句	팔아요.
非格式體尊敬形疑問句	팔아요?
現在式	팔아요.
過去式	팔았어요.
未來式	팔 거예요.
現在進行式	팔고 있어요.
祈使句	파십시오.
勸誘句	팝시다.

會話

A : 여기 우산을 팝니까?
　　yo*.gi/u.sa.neul/pam.ni.ga
B : 좀 전에 다 팔았습니다. 비옷만 남았습니다.
　　jom/jo*.ne/da/pa.rat.sseum.ni.da//bi.on.man/na.mat.
　　sseum.ni.da

◆中譯◆

A : 這裡有賣雨傘嗎？
B : 剛剛全都賣完了，只剩下雨衣。

例句

이거 어떻게 팔아요?
i.go*/o*.do*.ke/pa.ra.yo
這個怎麼賣？

언니가 백화점에서 화장품을 팔아요.
o*n.ni.ga/be*.kwa.jo*.me.so*/hwa.jang.pu.meul/pa.ra.yo
姊姊在百貨公司賣化妝品。

하다

ha.da

做

일을 하다　i.reul/ha.da　做事／工作

Track 095

基本變化

格式體尊敬形敘述句	합니다.
格式體尊敬形疑問句	합니까?
非格式體尊敬形敘述句	해요.
非格式體尊敬形疑問句	해요?
現在式	해요.
過去式	했어요.
未來式	할 거예요.
現在進行式	하고 있어요.
祈使句	하십시오.
勸誘句	합시다.

會話

A : 엄마, 내일 뭐 해요?
　　o*m.ma/ne*.il/mwo.he*.yo
B : 어, 별일 없는데, 왜?
　　o*/byo*.ril/o*m.neun.de/we*
A : 내일 놀이공원에 갈까요?
　　ne*.il/no.ri.gong.wo.ne/gal.ga.yo

中譯

A : 媽，你明天要做什麼？
B : 沒什麼事，怎麼啦？
A : 明天去遊樂園，好嗎？

例句

지금 뭐 하고 있어요?
ji.geum/mwo/ha.go/i.sso*.yo
你現在在做什麼？

무슨 일을 하세요?
mu.seun/i.reul/ha.se.yo
您在做什麼工作？

史上，最讚的
韓語動詞、形容詞 **201**

헤어지다

he.o*.ji.da
分開／分手

反義詞

사귀다　sa.gwi.da　交往／交（友）

Track 096

基本變化

格式體尊敬形敘述句	헤어집니다.
格式體尊敬形疑問句	헤어집니까?
非格式體尊敬形敘述句	헤어져요.
非格式體尊敬形疑問句	헤어져요?
現在式	헤어져요.
過去式	헤어졌어요.
未來式	헤어질 거예요.
現在進行式	헤어지고 있어요.
祈使句	헤어지십시오.
勸誘句	헤어집시다.

會話

A : 남자 좀 소개해 줘요.
　　nam.ja/jom/so.ge*.he*/jwo.yo
B : 갑자기 왜요? 남자 친구랑 싸웠어요?
　　gap.jja.gi/we*.yo//nam.ja/chin.gu.rang/ssa.wo.sso*.yo
A : 오늘 남자친구하고 헤어졌어요.
　　o.neul/nam.ja.chin.gu.ha.go/he.o*.jo*.sso*.yo

✦ 中譯 ✦

A : 介紹男人給我。
B : 為什麼這麼突然？和男朋友吵架了嗎？
A : 今天和男朋友分手了。

例句

오래 사귀다가 헤어지면 어떤 느낌이에요?
o.re*/sa.gwi.da.ga/he.o*.ji.myo*n/o*.do*n/neu.gi.mi.e.yo
如果交往很久後分手，會是什麼感覺呢？

가족들과 헤어지고 싶지 않습니다.
ga.jok.deul.gwa/he.o*.ji.go/sip.jji/an.sseum.ni.da
我不想和家人分開。

史上，最讚的
韓語動詞、形容詞

당신이 꼭 배워야
하는 한국어
동사, 형용사

第 二 章
기본 형용사
基本形容詞

가깝다

ga.gap.da

近

反義詞

멀다 mo*l.da 遠

Track 097

基本變化

格式體尊敬形敍述句	가깝습니다.
格式體尊敬形疑問句	가깝습니까?
非格式體尊敬形敍述句	가까워요.
非格式體尊敬形疑問句	가까워요?
現在式	가까워요.
過去式	가까웠어요.
未來式	가까울 거예요.
否定形變化	가깝지 않다
冠詞形變化	가까운
假定形變化	가까우면

A : 집에서 학교까지 가까워요?
ji.be.so*/hak.gyo.ga.ji/ga.ga.wo.yo

B : 네, 아주 가까워요. 걸어서 가면 십분 정도 걸려요.
ne//a.ju/ga.ga.wo.yo//go*.ro*.so*/ga.myo*n/sip.bun/
jo*ng.do/go*l.lyo*.yo

✦ 中譯 ✦

A : 從你家到學校近嗎？
B : 是的，很近。走路去大概十分鐘。

시내는 여기에서 가깝지 않습니다.
si.ne*.neun/yo*.gi.e.so*/ga.gap.jji/an.sseum.ni.da
市區離這裡不近。

여기에서 제일 가까운 약국이 어디에 있어요?
yo*.gi.e.so*/je.il/ga.ga.un/yak.gu.gi/o*.di.e/i.sso*.yo
離這裡最近的藥局在哪裡？

회사가 집에서 가까웠으면 좋겠어요.
hwe.sa.ga/ji.be.so*/ga.ga.wo.sseu.myo*n/jo.ke.sso*.yo
希望公司離家近一點。

史上，最讚的
韓語動詞、形容詞 **207**

같다

gat.da
一樣／相同

反義詞

다르다　da.reu.da　不同

Track 098

基本變化

格式體尊敬形敘述句	같습니다.
格式體尊敬形疑問句	같습니까?
非格式體尊敬形敘述句	같아요.
非格式體尊敬形疑問句	같아요?
現在式	같아요.
過去式	같았어요.
未來式	같을 거예요.
否定形變化	같지 않다
冠詞形變化	같은
假定形變化	같으면

會話

A：취미가 뭐예요?
　　chwi.mi.ga/mwo.ye.yo
B：쇼핑하는 것이 내 취미예요.
　　syo.ping.ha.neun/go*.si/ne*/chwi.mi.ye.yo
A：우리는 같은 취미를 가지고 있네요.
　　u.ri.neun/ga.teun/chwi.mi.reul/ga.ji.go/in.ne.yo

◆中譯◆

A：你的興趣是什麼？
B：購物是我的興趣。
A：我們有一樣的興趣呢！

 例句

세상 모든 어머니의 마음은 다 같을 거예요.
se.sang/mo.deun/o*.mo*.ni.ui/ma.eu.meun/da/ga.teul/go*.
ye.yo
世界上所有母親的心都是一樣的。

둘이 같은 회사에 다녀요?
du.ri/ga.teun/hwe.sa.e/da.nyo*.yo
你們兩個在一樣的公司上班嗎？

고맙다

go.map.da

謝謝

類義詞

감사하다   gam.sa.ha.da   感謝

Track 099

基本變化

格式體尊敬形敘述句	고맙습니다.
格式體尊敬形疑問句	고맙습니까?
非格式體尊敬形敘述句	고마워요.
非格式體尊敬形疑問句	고마워요?
現在式	고마워요.
過去式	고마웠어요.
未來式	고마울 거예요.
否定形變化	고맙지 않다
冠詞形變化	고마운
假定形變化	고마우면

會話

A : 돈을 빌려 줘서 고마워요.
  do.neul/bil.lyo*/jwo.so*/go.ma.wo.yo
B : 고마울 거 없어요. 대신 월급 받으면 꼭 갚아요.
  go.ma.ul/go*/o*p.sso*.yo//de*.sin/wol.geup/ba.deu.
  myo*n/gok/ga.pa.yo

◆中譯◆

A : 謝謝你借我錢。

B : 不用謝。但領薪水後一定要還喔！

例句

지난 번에 정말 고마웠어요.
ji.nan/bo*.ne/jo*ng.mal/go.ma.wo.sso*.yo
上次真的謝謝你。

항상 고마운 마음을 가지고 살아요.
hang.sang/go.ma.un/ma.eu.meul/ga.ji.go/sa.ra.yo
隨時懷著感恩的心活著吧。

솔직히 말하면 나는 그들이 고맙지 않아요.
sol.jji.ki/mal.ha.myo*n/na.neun/geu.deu.ri/go.map.jji/a.na.yo
老實說，我不感謝他們。

고프다

go.peu.da
飢餓／餓

부르다　bu.reu.da　吃飽

Track 100

基本變化

格式體尊敬形敘述句	고픕니다.
格式體尊敬形疑問句	고픕니까?
非格式體尊敬形敘述句	고파요.
非格式體尊敬形疑問句	고파요?
現在式	고파요.
過去式	고팠어요.
未來式	고플 거예요.
否定形變化	고프지 않다
冠詞形變化	고픈
假定形變化	고프면

會話

A : 배가 고파요. 뭐 좀 먹으러 갑시다.
　　be*.ga/go.pa.yo//mwo/jom/mo*.geu.ro*/gap.ssi.da
B : 나도 좀 출출해요. 우리 떡볶이를 먹어요.
　　na.do/jom/chul.chul.he*.yo//u.ri/do*k.bo.gi.reul/mo*.
　　go*.yo

◆中譯◆
A : 肚子餓了，我們去吃點東西吧。
B : 我也有點餓。我們吃辣炒年糕吧。

例句

배는 전혀 고프지 않아요.
be*.neun/jo*n.hyo*/go.peu.ji/a.na.yo
肚子一點也不餓。

배 고프세요?
be*/go.peu.se.yo
您肚子會餓嗎？

배가 고프니까 밥 주세요.
be*.ga/go.peu.ni.ga/bap/ju.se.yo
我肚子餓了，給我飯。

史上，最讚的
韓語動詞、形容詞 **213**

괜찮다

gwe*n.chan.ta

沒關係／不錯／不用

類義詞

무방하다　mu.bang.ha.da　無妨／不礙事

Track 101

基本變化

格式體尊敬形敘述句	괜찮습니다.
格式體尊敬形疑問句	괜찮습니까?
非格式體尊敬形敘述句	괜찮아요.
非格式體尊敬形疑問句	괜찮아요?
現在式	괜찮아요.
過去式	괜찮았어요.
未來式	괜찮을 거예요.
否定形變化	괜찮지 않다
冠詞形變化	괜찮은
假定形變化	괜찮으면

會話

A : 죄송합니다. 어디 다친 데 없어요?
　　jwe.song.ham.ni.da//o*.di.da.chin.de/o*p.sso*.yo
B : 없는데요. 괜찮아요.
　　o*m.neun.de.yo//gwe*n.cha.na.yo

◆ 中譯 ◆

A : 對不起，有哪裡受傷嗎？
B : 沒有，沒關係。

例句

괜찮은 영어 학원 좀 소개해 주세요.
gwe*n.cha.neun/yo*ng.o*/ha.gwon/jom/so.ge*.he*/ju.se.yo
請介紹不錯的英語補習班給我。

주말에 날씨 괜찮으면 등산이나 가세요.
ju.ma.re/nal.ssi/gwe*n.cha.neu.myo*n/deung.sa.ni.na/ga.se.yo
周末天氣好的話，請去爬山吧。

들어와도 괜찮아요.
deu.ro*.wa.do/gwe*n.cha.na.yo
進來也沒關係。

그렇다

geu.ro*.ta

那樣／是的

反義詞

이렇다　i.ro*.ta　這樣

Track 102

基本變化

格式體尊敬形敘述句	그렇습니다.
格式體尊敬形疑問句	그렇습니까?
非格式體尊敬形敘述句	그래요.
非格式體尊敬形疑問句	그래요?
現在式	그래요.
過去式	그랬어요.
未來式	그럴 거예요.
否定形變化	그렇지 않다
冠詞形變化	그런
假定形變化	그러면

A : 대학생입니까?
de*.hak.sse*ng.im.ni.ga
B : 네, 그렇습니다.
ne//geu.ro*.sseum.ni.da

◆中譯◆

A : 你是大學生嗎？
B : 對，是的。

會話

A : 우리 한국으로 여행 가요.
u.ri/han.gu.geu.ro/yo*.he*ng/ga.yo
B : 그러면 한국어를 더 배워야겠어요.
geu.ro*.myo*n/han.gu.go*.reul/do*/be*.wo.ya.ge.sso*.yo

◆中譯◆

A : 我們去韓國旅行吧。
B : 那樣的話我要多學點韓語了。

例句

난 그런 사람이 좋아요.
nan/geu.ro*n/sa.ra.mi/jo.a.yo
我喜歡那種人。

史上，最讚的
韓語動詞、形容詞 **217**

기쁘다

gi.beu.da

高興／開心

反義詞

슬프다　seul.peu.da　傷心／難過

Track 103

基本變化

格式體尊敬形敘述句	기쁩니다.
格式體尊敬形疑問句	기쁩니까?
非格式體尊敬形敘述句	기뻐요.
非格式體尊敬形疑問句	기뻐요?
現在式	기뻐요.
過去式	기뻤어요.
未來式	기쁠 거예요.
否定形變化	기쁘지 않다
冠詞形變化	기쁜
假定形變化	기쁘면

會話

A : 서울대학교에 입학해서 너무 기뻐요.
so*.ul.de*.hak.gyo.e/i.pa.ke*.so*/no*.mu/gi.bo*.yo

B : 진짜요? 축하해요.
jin.jja.yo//chu.ka.he*.yo

◆中譯◆

A : 我入取首爾大學了,好開心啊!

B : 真的嗎?恭喜你。

例句

아주 기쁜 소식을 알려 줄게요.
a.ju/gi.beun/so.si.geul/al.lyo*/jul.ge.yo
告訴你一個好消息。

당신이 기쁘면 나도 기뻐요.
dang.si.ni/gi.beu.myo*n/na.do/gi.bo*.yo
你開心我就開心。

아줌마, 뭐가 그렇게 기쁩니까?
a.jum.ma//mwo.ga/geu.ro*.ke/gi.beum.ni.ga
阿姨,什麼事那麼高興?

길다
gil.da
長

反義詞

짧다　jjap.da　短

Track 104

基本變化

格式體尊敬形敍述句	깁니다.
格式體尊敬形疑問句	깁니까?
非格式體尊敬形敍述句	길어요.
非格式體尊敬形疑問句	길어요?
現在式	길어요.
過去式	길었어요.
未來式	길 거예요.
否定形變化	길지 않다
冠詞形變化	긴
假定形變化	길면

A : 머리가 긴 여자가 좋아요?
　　mo*.ri.ga/gin/yo*.ja.ga/jo.a.yo
B : 아니요, 머리가 짧은 여자가 좋아요.
　　a.ni.yo//mo*.ri.ga/jjal.beun/yo*.ja.ga/jo.a.yo

✦中譯✦
A : 你喜歡長頭髮的女生嗎？
B : 不，我喜歡短頭髮的女生。

그녀는 머리가 아주 길어요.
geu.nyo*.neun/mo*.ri.ga/a.ju/gi.ro*.yo
她的頭髮很長。

머리가 길면 더 잘 빠지나요?
mo*.ri.ga/gil.myo*n/do*/jal.ba.ji.na.yo
頭髮長的話，會更容易掉髮嗎？

길이가 너무 깁니다.
gi.ri.ga/no*.mu/gim.ni.da
長度很長。

史上，最讚的
韓語動詞、形容詞 **221**

깨끗하다

ge*.geu.ta.da

乾淨

反義詞

더럽다　do*.ro*p.da　髒

Track 105

 本變化

格式體尊敬形敍述句	깨끗합니다.
格式體尊敬形疑問句	깨끗합니까?
非格式體尊敬形敍述句	깨끗해요.
非格式體尊敬形疑問句	깨끗해요?
現在式	깨끗해요.
過去式	깨끗했어요.
未來式	깨끗할 거예요.
否定形變化	깨끗하지 않다
冠詞形變化	깨끗한
假定形變化	깨끗하면

會話

A : 집은 참 깨끗하군요.
　　jji.beun/cham/ge*.geu.ta.gu.nyo
B : 당연하죠. 난 매일 청소해요.
　　dang.yo*n.ha.jyo//nan/me*.il/cho*ng.so.he*.yo

✦中譯✦

A : 家裡真乾淨呢！
B : 當然囉！我每天打掃。

여기의 물은 더 깨끗해요.
yo*.gi.ui/mu.reun/do*/ge*.geu.te*.yo
這裡的水比較乾淨。

깨끗한 옷으로 갈아입으세요.
ge*.geu.tan/o.seu.ro/ga.ra.i.beu.se.yo
請您換穿乾淨的衣服。

침대 시트가 깨끗하지 않아요.
chim.de*/si.teu.ga/ge*.geu.ta.ji/a.na.yo
床單不乾淨。

史上，最讚的
韓語動詞、形容詞 **223**

나쁘다

na.beu.da

壞／不好

反義詞

좋다　jo.ta　好

Track 106

基本變化

格式體尊敬形敍述句	나쁩니다.
格式體尊敬形疑問句	나쁩니까?
非格式體尊敬形敍述句	나빠요.
非格式體尊敬形疑問句	나빠요?
現在式	나빠요.
過去式	나빴어요.
未來式	나쁠 거예요.
否定形變化	나쁘지 않다
冠詞形變化	나쁜
假定形變化	나쁘면

會話

A : 표정이 왜 그래요?
　　pyo.jo*ng.i/we*/geu.re*.yo

B : 정말 기분 나빠 죽겠어요.
　　jo*ng.mal/gi.bun/na.ba/juk.ge.sso*.yo

中譯 ✦

A : 你的表情怎麼那樣？
B : 真的心情很差。

 例句

이제 나쁜 짓 그만 하세요.
i.je/na.beun/jit/geu.man/ha.se.yo
請別再做壞事了。

담배를 피우지 마세요. 몸에 나빠요.
dam.be*.reul/pi.u.ji/ma.se.yo//mo.me/na.ba.yo
別抽菸了，對身體不好。

높다

nop.da

高

낮다　nat.da　低

Track 107

基本變化

格式體尊敬形敘述句	높습니다.
格式體尊敬形疑問句	높습니까?
非格式體尊敬形敘述句	높아요.
非格式體尊敬形疑問句	높아요?
現在式	높아요.
過去式	높았어요.
未來式	높을 거예요.
否定形變化	높지 않다
冠詞形變化	높은
假定形變化	높으면

會話

A : 대만 백일빌딩에 가 봤어요?
de*.man/be*.gil.bil.ding.e/ga/bwa.sso*.yo
B : 아니요. 가 본 적이 없어요.
a.ni.yo//ga/bon/jo*.gi/o*p.sso*.yo
A : 한 번 가 보세요. 대만에서 제일 높은 빌딩이에요.
han/bo*n/ga/bo.se.yo//de*.ma.ne.so*/je.il/no.peun/bil.
ding.i.e.yo

◆中譯◆
A : 你去過台灣的101大樓嗎?
B : 沒有,沒去過。
A : 去看看吧。那是台灣最高的大樓。

 例句

주말 동안에는 습도가 높을 거예요.
ju.mal/dong.a.ne.neun/seup.do.ga/no.peul/go*.ye.yo
週末期間濕度會增高。

높은 곳에 가고 싶어요.
no.peun/go.se/ga.go/si.po*.yo
我想去高的地方。

다르다

da.reu.da

不同／其他的

反義詞

비슷하다　bi.seu.ta.da　相似

Track 108

基本變化

格式體尊敬形敍述句	다릅니다.
格式體尊敬形疑問句	다릅니까?
非格式體尊敬形敍述句	달라요.
非格式體尊敬形疑問句	달라요?
現在式	달라요.
過去式	달랐어요.
未來式	다를 거예요.
否定形變化	다르지 않다
冠詞形變化	다른
假定形變化	다르면

228

會話

A : 이것과 그것의 가격이 달라요?
　　i.go*t.gwa/geu.go*.sui/ga.gyo*.gi/dal.la.yo
B : 네, 다릅니다. 이것은 더 비쌉니다.
　　ne//da.reum.ni.da//i.go*.seun/do*/bi.ssam.ni.da

◆中譯◆
A : 這個和那個的價格不同嗎？
B : 是的，不同。這個比較貴。

例句

다른 스타일이 없나요?
da.reun/seu.ta.i.ri/o*m.na.yo
沒有別的款式嗎？

이 일을 다른 사람에게 말했어요?
i/i.reul/da.reun/sa.ra.me.ge/mal.he*.sso*.yo
這件事你和別人說了嗎？

그의 생각은 저와 많이 다릅니다.
geu.ui/se*ng.ga.geun/jo*.wa/ma.ni/da.reum.ni.da
他的想法和我很不一樣。

史上，最讚的
韓語動詞、形容詞 **229**

덥다

do*p.da

熱

反義詞

춥다 chup.da 冷

基本變化

格式體尊敬形敘述句	덥습니다.
格式體尊敬形疑問句	덥습니까?
非格式體尊敬形敘述句	더워요.
非格式體尊敬形疑問句	더워요?
現在式	더워요.
過去式	더웠어요.
未來式	더울 거예요.
否定形變化	덥지 않다
冠詞形變化	더운
假定形變化	더우면

A : 날씨가 더우면 두통이 생겨요.
nal.ssi.ga/do*.u.myo*n/du.tong.i/se*ng.gyo*.yo

B : 병원에 한 번 가 보세요.
byo*ng.wo.ne/han/bo*n/ga/bo.se.yo

◆中譯◆

A : 天氣熱的話，我就會頭痛。

B : 去看看醫生吧。

例句

내가 사는 곳은 낮에는 매우 더워요.
ne*.ga/sa.neun/go.seun/na.je.neun/me*.u/do*.wo.yo
我住的地方白天很熱。

오늘 날씨 정말 더웠어요.
o.neul/nal.ssi/jo*ng.mal/do*.wo.sso*.yo
今天的天氣真熱。

욕실 안에 더운 물이 안 나오네요.
yok.ssil/a.ne/do*.un/mu.ri/an/na.o.ne.yo
浴室裡沒有熱水。

史上，最讚的
韓語動詞、形容詞 231

따뜻하다

da.deu.ta.da

溫暖

시원하다   si.won.ha.da   涼爽

Track 110

基本變化

格式體尊敬形敍述句	따뜻합니다.
格式體尊敬形疑問句	따뜻합니까?
非格式體尊敬形敍述句	따뜻해요.
非格式體尊敬形疑問句	따뜻해요?
現在式	따뜻해요.
過去式	따뜻했어요.
未來式	따뜻할 거예요.
否定形變化	따뜻하지 않다
冠詞形變化	따뜻한
假定形變化	따뜻하면

會話

A : 날씨가 점점 따뜻해지네요.
　　nal.ssi.ga/jo*m.jo*m/da.deu.te*.ji.ne.yo
B : 이러다 더워지겠죠.
　　i.ro*.da/do*.wo.ji.get.jjyo

✦ 中譯 ✦

A : 天氣漸漸變暖了。
B : 這樣下去就變熱囉！

例句

올 겨울은 따뜻할 거예요.
ol/gyo*.u.reun/da.deu.tal/go*.ye.yo
今年冬天會很溫暖。

커피는 따뜻한 걸로 주세요.
ko*.pi.neun/da.deu.tan/go*l.lo/ju.se.yo
咖啡請給我熱的。

날씨가 참 따뜻합니다.
nal.ssi.ga/cham/da.deu.tam.ni.da
天氣真暖和。

史上，最讚的
韓語動詞、形容詞 **233**

뜨겁다

deu.go*p.da

熱/燙

차갑다　cha.gap.da　冰冷

Track 111

基本變化

格式體尊敬形敘述句	뜨겁습니다.
格式體尊敬形疑問句	뜨겁습니까?
非格式體尊敬形敘述句	뜨거워요.
非格式體尊敬形疑問句	뜨거워요?
現在式	뜨거워요.
過去式	뜨거웠어요.
未來式	뜨거울 거예요.
否定形變化	뜨겁지 않다
冠詞形變化	뜨거운
假定形變化	뜨거우면

會話

A : 뜨거운 차 한 잔 주세요.
　　deu.go*.un/cha/han/jan/ju.se.yo
B : 네, 잠깐만 기다려 주세요.
　　ne//jam.gan.man/gi.da.ryo*/ju.se.yo

✦ 中譯 ✦

A : 請給我一杯熱茶。
B : 好的，請稍等。

例句

국물이 너무 뜨겁습니다.
gung.mu.ri/no*.mu/deu.go*p.sseum.ni.da
湯太燙了。

뜨거우니까 천천히 드세요.
deu.go*.u.ni.ga/cho*n.cho*n.hi/deu.se.yo
很燙請你慢慢吃。

온수가 전혀 뜨겁지 않습니다.
on.su.ga/jo*n.hyo*/deu.go*p.jji/an.sseum.ni.da
熱水一點也不燙。

많다

man.ta

多

적다　jo*k.da　少

Track 112

基本變化

格式體尊敬形敘述句	많습니다.
格式體尊敬形疑問句	많습니까?
非格式體尊敬形敘述句	많아요.
非格式體尊敬形疑問句	많아요?
現在式	많아요.
過去式	많았어요.
未來式	많을 거예요.
否定形變化	많지 않다
冠詞形變化	많은
假定形變化	많으면

會話

A : 사람이 참 많군요.
　　sa.ra.mi/cham/man.ku.nyo

B : 오늘이 주말이라서 영화관에 사람이 많아요.
　　o.neu.ri/ju.ma.ri.ra.so*/yo*ng.hwa.gwa.ne/sa.ra.mi/
　　ma.na.yo

◆中譯◆

A : 人真多耶！

B : 今天是周末，電影院人很多。

例句

전 친구가 많습니다.
jo*n/chin.gu.ga/man.sseum.ni.da
我的朋友很多。

많은 사람들이 이 가수를 좋아합니다.
ma.neun/sa.ram.deu.ri/i/ga.su.reul/jjo.a.ham.ni.da
很多人喜歡這個歌手。

시간이 많지 않습니다.
si.ga.ni/man.chi/an.sseum.ni.da
時間不多。

史上，最讚的
韓語動詞、形容詞

맛있다

ma.sit.da

好吃

反義詞

맛없다　ma.do*p.da　不好吃

Track 113

基本變化

格式體尊敬形敍述句	맛있습니다.
格式體尊敬形疑問句	맛있습니까?
非格式體尊敬形敍述句	맛있어요.
非格式體尊敬形疑問句	맛있어요?
現在式	맛있어요.
過去式	맛있었어요.
未來式	맛있을 거예요.
否定形變化	맛있지 않다
冠詞形變化	맛있는
假定形變化	맛있으면

會話

A : 맛이 어때요?
　　ma.si/o*.de*.yo
B : 맛있어요.
　　ma.si.sso*.yo
A : 진짜요? 이거도 먹어봐요.
　　jin.jja.yo//i.go*.do/mo*.go*.bwa.yo

✦ 中譯 ✦

A : 味道怎麼樣？
B : 很好吃。
A : 真的嗎？也吃吃看這個吧。

例句

맛있는 걸 추천해 주세요.
ma.sin.neun/go*l/chu.cho*n.he*/ju.se.yo
請推薦好吃的給我。

고추를 좀 더 넣으면 훨씬 더 맛있을 거예요.
go.chu.reul/jjom/do*/no*.eu.myo*n/hwol.ssin/do*/ma.si.
sseul/go*.ye.yo
加點辣椒會更好吃。

史上，最讚的

맵다

me*p.da

辣

相關詞

매콤하다　me*.kom.ha.da　稍辣

Track 114

基本變化

格式體尊敬形敘述句	맵습니다.
格式體尊敬形疑問句	맵습니까?
非格式體尊敬形敘述句	매워요.
非格式體尊敬形疑問句	매워요?
現在式	매워요.
過去式	매웠어요.
未來式	매울 거예요.
否定形變化	맵지 않다
冠詞形變化	매운
假定形變化	매우면

會話

A : 매운 거 잘 먹어요?
　　me*.un/go*/jal/mo*.go*.yo
B : 네, 전 매운 거 좋아요.
　　ne//jo*n/me*.un/go*/jo.a.yo

◆中譯◆
A : 你很會吃辣嗎?
B : 是的,我喜歡吃辣。

 例句

좀 매울 거예요.
jom/me*.ul/go*.ye.yo
會有點辣。

김치가 맵습니다.
gim.chi.ga/me*p.sseum.ni.da
泡菜辣。

너무 맵지 않게 해 주세요.
no*.mu/me*p.jji/an.ke/he*/ju.se.yo
請不要用得太辣。

史上,最讚的
韓語動詞、形容詞 **241**

멀다

mo*l.da

遠

Track 115

基本變化

格式體尊敬形敘述句	멉니다.
格式體尊敬形疑問句	멉니까?
非格式體尊敬形敘述句	멀어요.
非格式體尊敬形疑問句	멀어요?
現在式	멀어요.
過去式	멀었어요.
未來式	멀 거예요.
否定形變化	멀지 않다
冠詞形變化	먼
假定形變化	멀면

會話

A : 지하철 역은 여기서 머나요?
　　ji.ha.cho*l/yo*.geun/yo*.gi.so*/mo*.na.yo
B : 멀지 않아요. 걸어서 5분 거리예요.
　　mo*l.ji/a.na.yo//go*.ro*.so*/o.bun/go*.ri.ye.yo

◆中譯◆

A：地鐵站離這裡遠嗎？
B：不遠。走路五分鐘的距離。

 例句

좀 멀어요.
jom/mo*.ro*.yo
有點遠。

기차역에서 집까지 거리가 너무 멉니다.
gi.cha.yo*.ge.so*/jip.ga.ji/go*.ri.ga/no*.mu/mo*m.ni.da
火車站離家距離太遠。

멋있다

mo*.sit.da

帥氣／好看

類義詞

잘생기다　jal.sse*ng.gi.da　長得好看

Track 116

基本變化

格式體尊敬形敘述句	멋있습니다.
格式體尊敬形疑問句	멋있습니까?
非格式體尊敬形敘述句	멋있어요.
非格式體尊敬形疑問句	멋있어요?
現在式	멋있어요.
過去式	멋있었어요.
未來式	멋있을 거예요.
否定形變化	멋있지 않다
冠詞形變化	멋있는
假定形變化	멋있으면

會話

A : 차를 바꿨어요?
　　cha.reul/ba.gwo.sso*.yo
B : 네, 새로 샀어요.
　　ne//se*.ro/sa.sso*.yo
A : 와, 멋있네요.
　　wa//mo*.sin.ne.yo

✦ 中譯 ✦

A : 你換車了？
B : 對，買新的了。
A : 哇，很好看耶！

例句

민호 오빠가 너무 멋있어요.
min.ho/o.ba.ga/no*.mu/mo*.si.sso*.yo
敏鎬哥好帥喔！

오늘 정말 멋있었어요.
o.neul/jjo*ng.mal/mo*.si.sso*.sso*.yo
你今天真得很帥氣。

史上，最讚的

uitcbatc2

무겁다

mu.go*p.da

重／穩重

慣用語

입이 무겁다　i.bi/mu.go*p.da　口風緊

Track 117

基本變化

格式體尊敬形敘述句	무겁습니다.
格式體尊敬形疑問句	무겁습니까?
非格式體尊敬形敘述句	무거워요.
非格式體尊敬形疑問句	무거워요?
現在式	무거워요.
過去式	무거웠어요.
未來式	무거울 거예요.
否定形變化	무겁지 않다
冠詞形變化	무거운
假定形變化	무거우면

會話

A : 무거워 보이네요. 도와 드릴까요?
　　mu.go*.wo/bo.i.ne.yo//do.wa/deu.ril.ga.yo
B : 그렇게 해 주시면 고맙죠.
　　geu.ro*.ke/he*/ju.si.myo*n/go.map.jjyo
A : 네, 주세요.
　　ne//ju.se.yo

◆ 中譯 ◆

A : 看起來很重，要幫你忙嗎？
B : 你能幫我，我當然很感謝。
A : 好的，請給我。

例句

이 소포 꽤 무거워요. 도와 주시겠습니까?
i/so.po/gwe*/mu.go*.wo.yo/do.wa/ju.si.get.sseum.ni.ga
這個包裹很重，可以幫幫我嗎？

제 어깨에 짐이 무겁습니다.
je/o*.ge*.e/ji.mi/mu.go*p.sseum.ni.da
我肩膀上的行李很重！

史上，最讚的
韓語動詞、形容詞 **247**

무섭다

mu.so*p.da

可怕／害怕

慣用語

입이 무섭다　i.bi/mu.so*p.da　人言可畏

Track 118

基本變化

格式體尊敬形敘述句	무섭습니다.
格式體尊敬形疑問句	무섭습니까?
非格式體尊敬形敘述句	무서워요.
非格式體尊敬形疑問句	무서워요?
現在式	무서워요.
過去式	무서웠어요.
未來式	무서울 거예요.
否定形變化	무섭지 않다
冠詞形變化	무서운
假定形變化	무서우면

會話

A : 난 호랑이가 좋아요.
nan/ho.rang.i.ga/jo.a.yo
B : 왜요? 난 호랑이가 무서워서 안 좋아해요.
we*.yo//nan/ho.rang.i.ga/mu.so*.wo.so*/an/jo.a.he*.yo

✦ 中譯 ✦

A : 我喜歡老虎。
B : 為什麼？老虎很可怕我不喜歡。

會話

A : 우리 공포 영화를 보러 갑시다.
u.ri/gong.po/yo*ng.hwa.reul/bo.ro*/gap.ssi.da
B : 싫어요. 너무 무서워요.
si.ro*.yo//no*.mu/mu.so*.wo.yo

✦ 中譯 ✦

A : 我們去看恐怖片吧。
B : 不要，太可怕了。

미안하다

mi.an.ha.da

對不起

類義詞

죄송하다 jwe.song.ha.da 對不起

Track 119

基本變化

格式體尊敬形敘述句	미안합니다.
格式體尊敬形疑問句	미안합니까?
非格式體尊敬形敘述句	미안해요.
非格式體尊敬形疑問句	미안해요?
現在式	미안해요.
過去式	미안했어요.
未來式	미안할 거예요.
否定形變化	미안하지 않다
冠詞形變化	미안한
假定形變化	미안하면

會話

A : 많이 기다렸어요? 미안해요.
　　ma.ni/gi.da.ryo*.sso*.yo//mi.an.he*.yo
B : 괜찮아요. 나도 얼마 안 기다렸어요.
　　gwe*n.cha.na.yo//na.do/o*l.ma/an/gi.da.ryo*.sso*.yo

✦ 中譯 ✦

A : 等很久了嗎？對不起。
B : 沒關係，我沒等很久。

例句

거짓말을 해서 미안합니다.
go*.jin.ma.reul/he*.so*/mi.an.ham.ni.da
對不起我說謊了。

그 때 정말 미안했어요.
geu.de*/jo*ng.mal/mi.an.he*.sso*.yo
那時真的很抱歉。

당신 정말 나한테 미안한 거예요?
dang.sin/jo*ng.mal/na.han.te/mi.an.han/go*.ye.yo
你真得對我感到抱歉？

바쁘다

ba.beu.da

忙／忙碌

反義詞

한가하다　han.ga.ha.da　空閒

Track 120

基本變化

格式體尊敬形敘述句	바쁩니다.
格式體尊敬形疑問句	바쁩니까?
非格式體尊敬形敘述句	바빠요.
非格式體尊敬形疑問句	바빠요?
現在式	바빠요.
過去式	바빴어요.
未來式	바쁠 거예요.
否定形變化	바쁘지 않다
冠詞形變化	바쁜
假定形變化	바쁘면

會話

A : 언니, 바빠요?
　　o*n.ni//ba.ba.yo
B : 응, 바빠.
　　eung//ba.ba
A : 알았어요. 이따가 다시 전화할게요.
　　a.ra.sso*.yo//i.da.ga/da.si/jo*n.hwa.hal.ge.yo

◆ 中譯 ◆
A : 姊姊，你忙嗎？
B : 恩，忙。
A : 知道了，那我等一下再打電話給你。

例句

너무 바쁘면 교회에 안 나와도 돼요.
no*.mu/ba.beu.myo*n/gyo.hwe.e/an/na.wa.do/dwe*.yo
很忙的話，可以不用來教會。

너무 바빠서 잠잘 시간도 없어요.
no*.mu/ba.ba.so*/jam.jal/ssi.gan.do/o*p.sso*.yo
太忙了，連睡覺的時間都沒有。

史上，最讚的
韓語動詞、形容詞 **253**

반갑다

ban.gap.da
高興

기쁘다　gi.beu.da　開心／高興

Track 121

基本變化

格式體尊敬形敘述句	반갑습니다.
格式體尊敬形疑問句	반갑습니까?
非格式體尊敬形敘述句	반가워요.
非格式體尊敬形疑問句	반가워요?
現在式	반가워요.
過去式	반가웠어요.
未來式	반가울 거예요.
否定形變化	반갑지 않다
冠詞形變化	반가운
假定形變化	반가우면

會話

A : 저는 박시후입니다. 만나서 반갑습니다.
   jo*.neun/bak.ssi.hu.im.n i.da//man.na.so*/ban.gap.
   sseum.ni.da
B : 박시후 씨에 대해 말씀 많이 들었습니다.
   bak.ssi.hu/ssi.e/de*.he*/mal.sseum/ma.ni/deu.ro*t.
   sseum.ni.da

◆中譯◆
A : 我是朴施厚。很高興見到你。
B : 我已久仰朴施厚您的大名了。

例句

아주 반가운 소식을 전해 드립니다.
a.ju/ban.ga.un/so.si.geul/jjo*n.he*/deu.rim.ni.da
告訴您一個很令人高興的消息。

당신을 만나는 것 하나도 반갑지 않아요.
dang.si.neul/man.na.neun/go*t/ha.na.do/ban.gap.jji/a.na.yo
和你見面我一點也不高興。

밝다

bak.da

明亮

反義詞

어둡다 o*.dup.da 暗

Track 122

基本變化

格式體尊敬形敘述句	밝습니다.
格式體尊敬形疑問句	밝습니까?
非格式體尊敬形敘述句	밝아요.
非格式體尊敬形疑問句	밝아요?
現在式	밝아요.
過去式	밝았어요.
未來式	밝을 거예요.
否定形變化	밝지 않다
冠詞形變化	밝은
假定形變化	밝으면

會話

A : 어떤 집을 원하세요?
o*.do*n/ji.beul/won.ha.se.yo
B : 아주 밝은 집을 원합니다.
a.ju/bal.geun/ji.beul/won.ham.ni.da
A : 그럼 이 집을 한 번 구경해 보세요. 햇살이 잘 드는 집이에요.
geu.ro*m/i/ji.beul/han.bo*n/gu.gyo*ng.he*/bo.se.yo//
he*t.ssa.ri/jal/deu.neun/ji.bi.e.yo

中譯

A : 您希望是哪種房子？
B : 我希望是很明亮的房子。
A : 那請參觀看看這間房子吧。是採光很好的房子。

會話

A : 어느 색깔이 마음에 들어요?
o*.neu/se*k.ga.ri/ma.eu.me/deu.ro*.yo
B : 전 밝은 색이 좋아요.
jo*n/bal.geun/se*.gi/jo.a.yo

中譯

A : 你喜歡哪一個顏色？
B : 我喜歡亮的顏色。

비싸다

bi.ssa.da

貴

싸다　ssa.da　便宜

Track 123

基本變化

格式體尊敬形敍述句	비쌉니다.
格式體尊敬形疑問句	비쌉니까?
非格式體尊敬形敍述句	비싸요.
非格式體尊敬形疑問句	비싸요?
現在式	비싸요.
過去式	비쌌어요.
未來式	비쌀 거예요.
否定形變化	비싸지 않다
冠詞形變化	비싼
假定形變化	비싸면

會話

A : 너무 비싸요. 싸게 해 주세요.
　　no*.mu/bi.ssa.yo//ssa.ge/he*/ju.se.yo
B : 이미 할인된 가격인데요.
　　i.mi/ha.rin.dwen/ga.gyo*.gin.de.yo
A : 그러지 말고 많이 살 거니까 깎아 주세요.
　　geu.ro*.ji/mal.go/ma.ni/sal/go*.ni.ga/ga.ga/ju.se.yo

✦中譯✦
A : 太貴了，請算便宜一點。
B : 已經是打折的價錢了。
A : 別這樣，我會買很多，算便宜一點吧。

例句

너무 비싸서 안 샀어요.
no*.mu/bi.ssa.so*/an.sa.sso*.yo
太貴了所以沒買。

비싸지 않네요. 이거 하나 주세요.
bi.ssa.ji/an.ne.yo//i.go*/ha.na/ju.se.yo
不貴耶！這個我要買一個。

史上，最讚的
韓語動詞、形容詞 259

빠르다

ba.reu.da

快

反義詞

느리다　neu.ri.da　慢

Track 124

基本變化

格式體尊敬形敍述句	빠릅니다.
格式體尊敬形疑問句	빠릅니까?
非格式體尊敬形敍述句	빨라요.
非格式體尊敬形疑問句	빨라요?
現在式	빨라요.
過去式	빨랐어요.
未來式	빠를 거예요.
否定形變化	빠르지 않다
冠詞形變化	빠른
假定形變化	빠르면

會話

A : 늦겠어요. 어떡해요?
neut.ge.sso*.yo//o*.do*.ke*.yo
B : 택시를 타고 가는 게 더 빨라요.
te*k.ssi.reul/ta.go/ga.neun/ge/do*/bal.la.yo
A : 그래요. 택시를 잡아요.
geu.re*.yo//te*k.ssi.reul/jja.ba.yo

◆中譯◆

A : 要遲到了，怎麼辦？
B : 搭計程車去比較快。
A : 好，攔計程車吧。

例句

지하철은 버스보다 빨라요.
ji.ha.cho*.reun/bo*.seu.bo.da/bal.la.yo
地鐵比公車快。

세월이 너무 빠릅니다.
se.wo.ri/no*.mu/ba.reum.ni.da
歲月過得很快。

쉽다

---

swip.da

容易／簡單

反義詞

어렵다　o*.ryo*p.da　困難

Track 125

基本變化

格式體尊敬形敘述句	쉽습니다.
格式體尊敬形疑問句	쉽습니까?
非格式體尊敬形敘述句	쉬워요.
非格式體尊敬形疑問句	쉬워요?
現在式	쉬워요.
過去式	쉬웠어요.
未來式	쉬울 거예요.
否定形變化	쉽지 않다
冠詞形變化	쉬운
假定形變化	쉬우면

會話

A : 시험 준비를 했어요?
si.ho*m/jun.bi.reul/he*.sso*.yo

B : 준비를 했는데 자신이 없어요.
jun.bi.reul/he*n.neun.de/ja.si.ni/o*p.sso*.yo

A : 나도요. 이번 시험이 쉬웠으면 좋겠어요.
na.do.yo//i.bo*n/si.ho*.mi/swi.wo.sseu.myo*n/jo.ke.
sso*.yo

中譯 ✦

A : 你有準備考試嗎？
B : 有準備，但沒有信心。
A : 我也是，希望這次的考試很簡單。

例句

시험이 아주 쉬울 거예요.
si.ho*.mi/a.ju/swi.ul/go*.ye.yo
考試會很簡單。

한국어가 쉽지 않습니다.
han.gu.go*.ga/swip.jji/an.sseum.ni.da
韓國語不容易。

史上，最讚的
韓語動詞、形容詞 263

슬프다

seul.peu.da

悲傷／難過

基本變化

格式體尊敬形敘述句	슬픕니다.
格式體尊敬形疑問句	슬픕니까?
非格式體尊敬形敘述句	슬퍼요.
非格式體尊敬形疑問句	슬퍼요?
現在式	슬퍼요.
過去式	슬펐어요.
未來式	슬플 거예요.
否定形變化	슬프지 않다
冠詞形變化	슬픈
假定形變化	슬프면

A : 어떤 노래를 좋아해요?
　　o*.do*n/no.re*.reul/jjo.a.he*.yo
B : 나는 슬픈 노래를 좋아해요.
　　na.neun/seul.peun/no.re*.reul/jjo.a.he*.yo

◆中譯◆
A：你喜歡什麼樣的歌曲？
B：我喜歡悲傷歌曲。

나는 슬픈 영화가 좋아요.
na.neun/seul.peun/yo*ng.hwa.ga/jo.a.yo
我喜歡悲傷電影。

남자친구와 헤어져서 너무 슬픕니다.
nam.ja.chin.gu.wa/he.o*.jo*.so*/no*.mu/seul.peum.ni.da
和男朋友分手，我很難過。

저는 슬프지 않습니다.
jo*.neun/seul.peu.jji/an.sseum.ni.da
我不難過。

史上，最讚的
韓語動詞、形容詞

시끄럽다

si.geu.ro*p.da
吵鬧

反義詞

조용하다 jo.yong.ha.da 安靜

Track 127

基本變化

格式體尊敬形敘述句	시끄럽습니다.
格式體尊敬形疑問句	시끄럽습니까?
非格式體尊敬形敘述句	시끄러워요.
非格式體尊敬形疑問句	시끄러워요?
現在式	시끄러워요.
過去式	시끄러웠어요.
未來式	시끄러울 거예요.
否定形變化	시끄럽지 않다
冠詞形變化	시끄러운
假定形變化	시끄러우면

A : 창문 좀 닫을까요? 밖이 너무 시끄러워요.
chang.mun/jom/da.deul.ga.yo//ba.gi/no*.mu/si.geu.ro*.
wo.yo

B : 좋아요. 밖에 공사 중인가봐요.
jo.a.yo//ba.ge/gong.sa/jung.in.ga.bwa.yo

✦中譯✦

A：要不要把窗戶關起來？外面太吵了。

B：好啊，外面好像在施工。

너무 시끄러운 곳에 가고 싶지 않아요.
no*.mu/si.geu.ro*.un/go.se/ga.go/sip.jji/a.na.yo
我不想去太吵的地方。

아이들이 좀 시끄럽지만 귀여워요.
a.i.deu.ri/jom/si.geu.ro*p.jji.man/gwi.yo*.wo.yo
孩子們雖然有點吵，但很可愛。

시원하다

si.won.ha.da

涼爽／涼快

反義詞：

따뜻하다　da.deu.ta.da　溫暖

Track 128

基本變化

格式體尊敬形敘述句	시원합니다.
格式體尊敬形疑問句	시원합니까?
非格式體尊敬形敘述句	시원해요.
非格式體尊敬形疑問句	시원해요?
現在式	시원해요.
過去式	시원했어요.
未來式	시원할 거예요.
否定形變化	시원하지 않다
冠詞形變化	시원한
假定形變化	시원하면

會話

A : 사계절 중에 무슨 계절이 제일 좋아요?
　　sa.gye.jo*l/jung.e/mu.seun/gye.jo*.ri/je.il/jo.a.yo
B : 나는 가을이 좋아요. 날씨가 시원해서 좋아요.
　　na.neun/ga.eu.ri/jo.a.yo//nal.ssi.ga/si.won.he*.so*/jo.a.yo

✦中譯✦

A：四個季節中你最喜歡什麼季節？
B：我喜歡秋天，因為天氣涼爽很好。

날씨가 점점 시원할 거예요.
nal.ssi.ga/jo*m.jo*m/si.won.hal/go*.ye.yo
天氣會漸漸變涼快。

창문을 열면 시원할 거예요.
chang.mu.neul/yo*l.myo*n/si.won.hal/go*.ye.yo
把窗戶打開會很涼快。

시원한 맥주 한 잔 마시고 싶어요.
si.won.han/me*k.jju/han/jan/ma.si.go/si.po*.yo
想喝一杯清涼的啤酒。

史上，最讚的
韓語動詞、形容詞 **269**

싫다

sil.ta

討厭／不要

反義詞：

좋다　jo.ta　好／喜歡

Track 129

基本變化

格式體尊敬形敘述句	싫습니다.
格式體尊敬形疑問句	싫습니까?
非格式體尊敬形敘述句	싫어요.
非格式體尊敬形疑問句	싫어요?
現在式	싫어요.
過去式	싫었어요.
未來式	싫을 거예요.
否定形變化	싫지 않다
冠詞形變化	싫은
假定形變化	싫으면

A : 다이어트를 하려고 하는데 운동하는 게 싫어요.
　　da.i.o*.teu.reul/ha.ryo*.go/ha.neun.de/un.dong.
　　ha.neun/ge/si.ro*.yo

B : 운동하기 싫으면 간식들을 먹지 말아요.
　　un.dong.ha.gi/si.reu.myo*n/gan.sik.deu.reul/mo*k.jji/
　　ma.ra.yo

A : 싫어요. 그래도 맛있는 걸 먹을 거예요.
　　si.ro*.yo//geu.re*.do/ma.sin.neun/go*l/mo*.geul/go*.ye.yo

◆中譯◆

A : 我想減肥，但不想運動。

B : 不想運動的話，就不要吃零食。

A : 不要，即使那樣我還是要吃好吃的東西。

나는 벌레가 싫어요.
na.neun/bo*l.le.ga/si.ro*.yo
我討厭蟲子。

그와 얘기하기 싫습니다.
geu.wa/ye*.gi.ha.gi/sil.sseum.ni.da
我不想和他說話。

싱겁다

sing.go*p.da
(味道)淡

反義詞

짜다　jja.da　鹹

Track 130

基本變化

格式體尊敬形敍述句	싱겁습니다.
格式體尊敬形疑問句	싱겁습니까?
非格式體尊敬形敍述句	싱거워요.
非格式體尊敬形疑問句	싱거워요?
現在式	싱거워요.
過去式	싱거웠어요.
未來式	싱거울 거예요.
否定形變化	싱겁지 않다
冠詞形變化	싱거운
假定形變化	싱거우면

A : 엄마, 저 먹어 봐도 돼요?
o*m.ma//jo*/mo*.go*/bwa.do/dwe*.yo
B : 지금 먹으면 좀 싱거울 거야. 아직 소금을 안 넣었어.
ji.geum/mo*.geu.myo*n/jom/sing.go*.ul/go*.ya//a.jik/
so.geu.meul/an/no*.o*.sso*
A : 아니에요. 완전 맛있어요.
a.ni.e.yo//wan.jo*n/ma.si.sso*.yo

◆ 中譯 ◆
A : 媽，我可以試吃看看嗎？
B : 現在吃味道會有點淡，我還沒有放鹽。
A : 不會，非常好吃。

이 찌개가 좀 싱겁네요.
i/jji.ge*.ga/jom/sing.go*m.ne.yo
這個燉湯味道有點淡。

이건 너무 싱거워요. 소금 있어요?
i.go*n/no*.mu/sing.go*.wo.yo//so.geum/i.sso*.yo
這個味道太淡了。有鹽嗎？

史上，最讚的
韓語動詞、形容詞 273

아니다

a.ni.da

不是

反義詞

이다　i.da　是

Track 131

基本變化

格式體尊敬形敘述句	아닙니다.
格式體尊敬形疑問句	아닙니까?
非格式體尊敬形敘述句	아니에요.
非格式體尊敬形疑問句	아니에요?
現在式	아니에요.
過去式	아니었어요.
未來式	아닐 거예요.
否定形變化	아니지 않다
冠詞形變化	아닌
假定形變化	아니면

會話

A：아직 학생입니까?
　 a.jik/hak.sse*ng.im.ni.ga

B：아닙니다. 저는 학생이 아니라 회사원입니다.
　 a.nim.ni.da//jo*.neun/hak.sse*ng.i/a.ni.ra/hwe.sa.wo.
　 nim.ni.da

◆中譯◆

A：你還是學生嗎？

B：不是，我不是學生，是公司員工。

會話

A：이거 핸드폰이 아니에요?
　 i.go*/he*n.deu.po.ni/a.ni.e.yo

B：그거 핸드폰이 아니라 카메라예요.
　 geu.go*/he*n.deu.po.ni/a.ni.ra/ka.me.ra.ye.yo

◆中譯◆

A：這個不是手機嗎？

B：那個不是手機，是相機。

史上，最讚的
韓語動詞、形容詞 **275**

아름답다

a.reum.dap.da

美麗／漂亮

예쁘다　ye.beu.da　漂亮

Track 132

基本變化

格式體尊敬形敍述句	아름답습니다.
格式體尊敬形疑問句	아름답습니까?
非格式體尊敬形敍述句	아름다워요.
非格式體尊敬形疑問句	아름다워요?
現在式	아름다워요.
過去式	아름다웠어요.
未來式	아름다울 거예요.
否定形變化	아름답지 않다
冠詞形變化	아름다운
假定形變化	아름다우면

會話

A : 우리 어디 가요?
　　u.ri/o*.di/ga.yo
B : 경치가 아름다운 곳에 가요.
　　gyo*ng.chi.ga/a.reum.da.un/go.se/ga.yo
A : 그럼 산에 가요.
　　geu.ro*m/sa.ne/ga.yo

◆ 中譯 ◆

A：我們去哪裡？
B：去風景美麗的地方。
A：那麼去山上吧。

例句

그녀가 한복을 입은 모습이 참 아름답군요.
geu.nyo*.ga/han.bo.geul/i.beun/mo.seu.bi/cham/a.reum.
dap.gu.nyo
她穿韓服的模樣真美。

여기의 경치가 너무 아름답지 않아요?
yo*.gi.ui/gyo*ng.chi.ga/no*.mu/a.reum.dap.jji/a.na.yo
這裡的風景很美，對吧？

아프다

a.peu.da
痛／生病

慣用語

가슴이 아프다　ga.seu.mi/a.peu.da　心痛

Track 133

基本變化

格式體尊敬形敘述句	아픕니다.
格式體尊敬形疑問句	아픕니까?
非格式體尊敬形敘述句	아파요.
非格式體尊敬形疑問句	아파요?
現在式	아파요.
過去式	아팠어요.
未來式	아플 거예요.
否定形變化	아프지 않다
冠詞形變化	아픈
假定形變化	아프면

A : 안색이 안 좋네요. 어디 아파요?
　　an.se*.gi/an/jon.ne.yo//o*.di/a.pa.yo
B : 점심을 너무 많이 먹어서 배가 아파요.
　　jo*m.si.meul/no*.mu/ma.ni/mo*.go*.so*/be*.ga/a.pa.yo

✦中譯✦

A : 你臉色很差耶！哪裡不舒服嗎？
B : 午餐吃太多了，肚子痛。

술을 많이 마시면 머리가 아플 거예요.
su.reul/ma.ni/ma.si.myo*n/mo*.ri.ga/a.peul/go*.ye.yo
喝太多酒頭會痛。

당신 때문에 난 늘 아픕니다.
dang.sin/de*.mu.ne/nan/neul/a.peum.ni.da
因為你，我總是很痛苦。

史上，最讚的
韓語動詞、形容詞

어렵다

o*.ryo*p.da
困難／難

Track 134

基本變化

格式體尊敬形敘述句	어렵습니다.
格式體尊敬形疑問句	어렵습니까?
非格式體尊敬形敘述句	어려워요.
非格式體尊敬形疑問句	어려워요?
現在式	어려워요.
過去式	어려웠어요.
未來式	어려울 거예요.
否定形變化	어렵지 않다
冠詞形變化	어려운
假定形變化	어려우면

- A : 공부 다 했어?
  gong.bu.da.he*.sso*
- B : 아니요. 아직이요.
  a.ni.yo//a.ji.gi.yo
- A : 공부해야 돼. 내일 시험 아주 어려울 거야.
  gong.bu.he*.ya/dwe*//ne*.il/si.ho*m/a.ju.o*.ryo*.ul/
  go*.ya

✦ 中譯 ✦

A : 書都念好了嗎？
B : 沒有，還沒。
A : 要讀書！明天的考試會很難。

숙제가 너무 어렵습니다.
suk.jje.ga/no*.mu.o*.ryo*p.sseum.ni.da
作業很難。

문제는 생각만큼 어렵지 않아요.
mun.je.neun/se*ng.gang.man.keum/o*.ryo*p.jji/a.na.yo
問題沒有想像得難。

史上，最讚的
韓語動詞、形容詞 **281**

없다

o*p.da

沒有／不在

反義詞

있다 it.da 有／在

Track 135

基本變化

格式體尊敬形敘述句	없습니다.
格式體尊敬形疑問句	없습니까?
非格式體尊敬形敘述句	없어요.
非格式體尊敬形疑問句	없어요?
現在式	없어요.
過去式	없었어요.
未來式	없을 거예요.
否定形變化	없지 않다
冠詞形變化	없는
假定形變化	없으면

會話

A : 휴지 한 장 주세요.
　　hyu.ji/han/jang/ju.se.yo
B : 난 휴지 없는데요.
　　nan/hyu.ji/o*m.neun.de.yo

◆ 中譯 ◆

A：請給我一張衛生紙。
B：我沒有衛生紙耶！

 會話

A : 세영 씨 집에 있어요?
　　se.yo*ng/ssi/ji.be/i.sso*.yo
B : 지금 집에 없어요. 방금 나갔어요.
　　ji.geum/ji.be/o*p.sso*.yo//bang.geum/na.ga.sso*.yo

◆ 中譯 ◆

A：世英在家嗎？
B：現在不在家，剛剛出去了。

예쁘다

ye.beu.da

漂亮

反義詞

못생기다　mot.sse*ng.gi.da　醜

Track 136

基本變化

格式體尊敬形敘述句	예쁩니다.
格式體尊敬形疑問句	예쁩니까?
非格式體尊敬形敘述句	예뻐요.
非格式體尊敬形疑問句	예뻐요?
現在式	예뻐요.
過去式	예뻤어요.
未來式	예쁠 거예요.
否定形變化	예쁘지 않다
冠詞形變化	예쁜
假定形變化	예쁘면

A : 그림이 너무 예뻐요. 어떻게 그렸어요?
　　geu.ri.mi/no*.mu/ye.bo*.yo//o*.do*.ke/geu.ryo*.sso*.yo

B : 고마워요. 마음에 들면 이 그림을 선물해 줄게요.
　　go.ma.wo.yo//ma.eu.me/deul.myo*n/i/geu.ri.meul/
　　sso*n.mul.he*/jul.ge.yo

◆中譯◆

A : 圖畫很美。你是怎麼畫得？

B : 謝謝，你喜歡的話，這幅畫送給你。

내 생각엔 여배우는 꼭 예뻐야해요.
ne*/se*ng.ga.gen/yo*.be*.u.neun/gok/ye.bo*.ya.he*.yo
我認為女演員一定要漂亮。

그녀는 정말 예쁘게 생겼네요.
geu.nyo*.neun/jo*ng.mal/ye.beu.ge/se*ng.gyo*n.ne.yo
她真的長得很漂亮呢！

史上，最讚的
韓語動詞、形容詞 285

이렇다

i.ro*.ta

這樣

그렇다　geu.ro*.ta　那樣

Track 137

基本變化

格式體尊敬形敘述句	이렇습니다.
格式體尊敬形疑問句	이렇습니까?
非格式體尊敬形敘述句	이래요.
非格式體尊敬形疑問句	이래요?
現在式	이래요.
過去式	이랬어요.
未來式	이럴 거예요.
否定形變化	이렇지 않다
冠詞形變化	이런
假定形變化	이러면

會話

A : 이런 걸 본 적이 있어요?
　　i.ro*n/go*l/bon/jo*.gi/i.sso*.yo
B : 아니요, 본 적이 없어요.
　　a.ni.yo//bon/jo*.gi/o*p.sso*.yo

◆ 中譯 ◆

A : 你看過這種東西嗎?
B : 沒有,沒有看過。

 例句

왜 이래요?
we*/i.re*.yo
為何這樣?

이런 옷이 마음에 드세요?
i.ro*n/o.si/ma.eu.me/deu.se.yo
您喜歡這種衣服嗎?

이러지 말고 제 말 좀 들어줘요.
i.ro*.ji/mal.go/je/mal/jjom/deu.ro*.jwo.yo
你別這樣,聽我說。

史上,最讚的
韓語動詞、形容詞 **287**

있다

it.da

有／在

反義詞

없다　o*p.da　沒有／不在

Track 138

基本變化

格式體尊敬形敘述句	있습니다.
格式體尊敬形疑問句	있습니까?
非格式體尊敬形敘述句	있어요.
非格式體尊敬形疑問句	있어요?
現在式	있어요.
過去式	있었어요.
未來式	있을 거예요.
否定形變化	있지 않다
冠詞形變化	있는
假定形變化	있으면

會話

A : 화장실이 어디에 있어요?
　　hwa.jang.si.ri/o*.di.e/i.sso*.yo

B : 이층에 있어요.
　　i.cheung.e/i.sso*.yo

中譯✦

A：廁所在哪裡？

B：在二樓。

 會話

A : 시간 있어요?
　　si.gan/i.sso*.yo

B : 아니요, 시간 없어요.
　　a.ni.yo//si.gan/o*p.sso*.yo

中譯✦

A：你有時間嗎？

B：不，沒有時間。

작다

jak.da

小

慣用語

키가 작다　ki.ga/jak.da　身高矮

Track 139

基本變化

格式體尊敬形敘述句	작습니다.
格式體尊敬形疑問句	작습니까?
非格式體尊敬形敘述句	작아요.
非格式體尊敬形疑問句	작아요?
現在式	작아요.
過去式	작았어요.
未來式	작을 거예요.
否定形變化	작지 않다
冠詞形變化	작은
假定形變化	작으면

會話

A : 이 지갑이 어때요?
  i/ji.ga.bi/o*.de*.yo
B : 이거보다 더 작은 지갑은 없어요?
  i.go*.bo.da/do*/ja.geun/ji.ga.beun/o*p.sso*.yo

◆中譯◆
A：這個皮夾怎麼樣？
B：沒有比這個還小的皮夾嗎？

 例句

너무 작아요. 더 큰 사이즈를 주세요.
no*.mu/ja.ga.yo//do*/keun/sa.i.jeu.reul/jju.se.yo
太小了，請給我大一點的尺寸。

그녀는 키가 작습니다.
geu.nyo*.neun/ki.ga/jak.sseum.ni.da
她很矮。

세상은 역시 작지 않습니다.
se.sang.eun/yo*k.ssi/jak.jji/an.sseum.ni.da
世界果然不小。

史上，最讚的
韓語動詞、形容詞 **291**

재미있다

je*.mi.it.da

有趣／好玩／好看

反義詞

재미없다　jje*.mi.o*p.da　無趣／不好玩／不好看

Track 140

基本變化

格式體尊敬形敘述句	재미있습니다.
格式體尊敬形疑問句	재미있습니까?
非格式體尊敬形敘述句	재미있어요.
非格式體尊敬形疑問句	재미있어요?
現在式	재미있어요.
過去式	재미있었어요.
未來式	재미있을 거예요.
否定形變化	재미있지 않다
冠詞形變化	재미있는
假定形變化	재미있으면

292

會話

A : 어제 본 영화가 재미있었어요?
　　o*.je/bon/yo*ng.hwa.ga/je*.mi.i.sso*.sso*.yo
B : 아니요, 하나도 재미없었어요.
　　a.ni.yo//ha.na.do/je*.mi.o*p.sso*.sso*.yo

◆ 中譯 ◆

A : 昨天你看的電影好看嗎？
B : 不，一點也不好看。

例句

한국 드라마가 아주 재미있습니다.
han.guk/deu.ra.ma.ga/a.ju/je*.mi.it.sseum.ni.da
韓國連續劇很好看。

이 게임은 좀 복잡하지만 재미있어요.
i/ge.i.meun/jom/bok.jja.pa.ji.man/je*.mi.i.sso*.yo
這個遊戲雖有點複雜但很好玩。

인생은 그리 재미있지만 않지요.
in.se*ng.eun/geu.ri/je*.mi.it.jji.man/an.chi.yo
人生沒那麼有趣。

젊다

jo*m.da

年輕

어리다 o*.ri.da 幼小

Track 141

基本變化

格式體尊敬形敍述句	젊습니다.
格式體尊敬形疑問句	젊습니까?
非格式體尊敬形敍述句	젊어요.
非格式體尊敬形疑問句	젊어요?
現在式	젊어요.
過去式	젊었어요.
未來式	젊을 거예요.
否定形變化	젊지 않다
冠詞形變化	젊은
假定形變化	젊으면

會話

A : 나이가 어떻게 돼요?
　　na.i.ga/o*.do*.ke/dwe*.yo
B : 올해 스물네 살이에요.
　　ol.he*/seu.mul.le/sa.ri.e.yo
A : 아직 나이가 젊으시군요.
　　a.jik/na.i.ga/jo*l.meu.si.gu.nyo

✦ 中譯 ✦

A : 你幾歲？
B : 今年二十四歲。
A : 還很年輕呢！

 例句

청바지를 입으니까 더 젊어 보이네요.
cho*ng.ba.ji.reul/i.beu.ni.ga/do*/jo*l.mo*/bo.i.ne.yo
穿牛仔褲顯得更年輕呢。

저는 아직 젊습니다.
jo*.neun/a.jik/jo*m.seum.ni.da
我還很年輕。

史上，最讚的
韓語動詞、形容詞 **295**

좋다

---

jo.ta

好／喜歡

反義詞

싫다 sil.ta 討厭／不要

Track 142

基本變化

格式體尊敬形敘述句	좋습니다.
格式體尊敬形疑問句	좋습니까?
非格式體尊敬形敘述句	좋아요.
非格式體尊敬形疑問句	좋아요?
現在式	좋아요.
過去式	좋았어요.
未來式	좋을 거예요.
否定形變化	좋지 않다
冠詞形變化	좋은
假定形變化	좋으면

會話

A：우리 농구 하러 갈래요?
　　u.ri/nong.gu/ha.ro*/gal.le*.yo
B：좋아요. 갈래요.
　　jo.a.yo//gal.le*.yo

◆ 中譯 ◆

A：我們要不要去打籃球？
B：好，我要去。

 會話

A：누가 제일 좋아요?
　　nu.ga/je.il/jo.a.yo
B：엄마가 제일 좋아요.
　　o*m.ma.ga/je.il/jo.a.yo

◆ 中譯 ◆

A：你最喜歡誰？
B：我最喜歡媽媽。

즐겁다

jeul.go*p.da

愉快

Track 143

基本變化

格式體尊敬形敘述句	즐겁습니다.
格式體尊敬形疑問句	즐겁습니까?
非格式體尊敬形敘述句	즐거워요.
非格式體尊敬形疑問句	즐거워요?
現在式	즐거워요.
過去式	즐거웠어요.
未來式	즐거울 거예요.
否定形變化	즐겁지 않다
冠詞形變化	즐거운
假定形變化	즐거우면

會話

A : 주말에 뭐 할 거예요?
　　ju.ma.re/mwo/hal/go*.ye.yo

B : 가족들과 바다에 갈 거예요.
　　ga.jok.deul.gwa/ba.da.e/gal/go*.ye.yo

A : 네, 그럼 즐거운 주말 보내세요.
　　ne//geu.ro*m/jjeul.go*.un/ju.mal/bo.ne*.se.yo

✦中譯✦

A : 你週末要做什麼？
B : 要和家人一起去海邊。
A : 是的，那祝你週末愉快。

例句

즐거운 여행 되세요.
jeul.go*.un/yo*.he*ng/dwe.se.yo
祝你旅行愉快。

오늘 정말 즐거웠어요.
o.neul/jjo*ng.mal/jjeul.go*.wo.sso*.yo
我今天真得很愉快。

史上，最讚的
韓語動詞、形容詞 **299**

짧다

jjap.da

短

길다　gil.da　長

Track 144

基本變化

格式體尊敬形敘述句	짧습니다.
格式體尊敬形疑問句	짧습니까?
非格式體尊敬形敘述句	짧아요.
非格式體尊敬形疑問句	짧아요?
現在式	짧아요.
過去式	짧았어요.
未來式	짧을 거예요.
否定形變化	짧지 않다
冠詞形變化	짧은
假定形變化	짧으면

會話

A : 어서 오세요. 뭘 찾으세요?
　　o*.so*/o.se.yo//mwol/cha.jeu.se.yo

B : 짧은 치마를 사고 싶은데요.
　　jjal.beun/chi.ma.reul/ssa.go/si.peun.de.yo

A : 네, 이쪽으로 오세요.
　　ne//i.jjo.geu.ro/o.se.yo

◆中譯◆

A : 歡迎光臨，您要找什麼？
B : 我想買短裙。
A : 好的，請來這邊。

例句

일주일은 참 짧습니다.
il.ju.i.reun/cham/jjap.sseum.ni.da
一週真短。

내 다리가 짧지 않아요.
ne*/da.ri.ga/jjap.jji/a.na.yo
我的腿不短。

차갑다

cha.gap.da

冷／涼

차다　cha.da　冷／涼

Track 145

基本變化

格式體尊敬形敘述句	차갑습니다.
格式體尊敬形疑問句	차갑습니까?
非格式體尊敬形敘述句	차가워요.
非格式體尊敬形疑問句	차가워요?
現在式	차가워요.
過去式	차가웠어요.
未來式	차가울 거예요.
否定形變化	차갑지 않다
冠詞形變化	차가운
假定形變化	차가우면

A : 날씨가 너무 덥죠?
　　nal.ssi.ga/no*.mu/do*p.jjyo
B : 네, 차가운 음료수를 마시고 싶어요.
　　ne//cha.ga.un/eum.nyo.su.reul/ma.si.go/si.po*.yo

◆中譯◆

A : 天氣很熱吧？
B : 是的，好想喝冰的飲料。

손발이 차갑습니다.
son.ba.ri/cha.gap.sseum.ni.da
手腳冰冷。

하늘은 맑고 파란데 바람은 차가웠어요.
ha.neu.reun/mal.go/pa.ran.de/ba.ra.meun/cha.ga.wo.sso*.yo
天空晴朗又蔚藍，風卻很冰冷。

춥다

chup.da

冷

덥다 do*p.da 熱

Track 146

基本變化

格式體尊敬形敍述句	춥습니다.
格式體尊敬形疑問句	춥습니까?
非格式體尊敬形敍述句	추워요.
非格式體尊敬形疑問句	추워요?
現在式	추워요.
過去式	추웠어요.
未來式	추울 거예요.
否定形變化	춥지 않다
冠詞形變化	추운
假定形變化	추우면

會話

A : 한국 여행은 어땠어요?
  han.guk/yo*.he*ng.eun/o*.de*.sso*.yo
B : 아주 재미있었어요. 근데 날씨가 너무 추웠어요.
  a.ju/je*.mi.i.sso*.sso*.yo//geun.de/nal.ssi.ga/no*.mu/
  chu.wo.sso*.yo

◆中譯◆

A : 韓國旅行如何？
B : 很好玩，但是天氣太冷了。

例句

날씨가 추우면 쉽게 감기에 걸립니다.
nal.ssi.ga/chu.u.myo*n/swip.ge/gam.gi.e/go*l.lim.ni.da
天氣冷的話，容易感冒。

지금 날씨가 별로 안 춥습니다.
ji.geum/nal.ssi.ga/byo*l.lo/an/chup.sseum.ni.da
現在的天氣不怎麼冷。

史上，最讚的
韓語動詞、形容詞 **305**

크다

keu.da

大

키가 크다　ki.ga/keu.da　個子高

Track 147

基本變化

格式體尊敬形敍述句	큽니다.
格式體尊敬形疑問句	큽니까?
非格式體尊敬形敍述句	커요.
非格式體尊敬形疑問句	커요?
現在式	커요.
過去式	컸어요.
未來式	클 거예요.
否定形變化	크지 않다
冠詞形變化	큰
假定形變化	크면

A : 지우 씨의 남자친구 키가 크군요.
   ji.u/ssi.ui/nam.ja.chin.gu/ki.ga/keu.gu.yo
B : 그렇죠? 너무 멋있죠?
   geu.ro*.chyo//no*.mu/mo*.sit.jjyo

✦中譯✦

A : 智友的男朋友很高呢!
B : 對吧?很帥吧?

例句

저는 정치에 대한 관심이 큽니다.
jo*.neun/jo*ng.chi.e/de*.han/gwan.si.mi/keum.ni.da
我對政治很感興趣。

글자가 크지 않아요.
geul.jja.ga/keu.ji/a.na.yo
字不大。

형 방은 작아요. 그런데 동생 방은 커요.
hyo*ng/bang.eun/ja.ga.yo//geu.ro*n.de/dong.se*ng/bang.
eun/ko*.yo
哥哥的房間小,但是弟弟的房間大。

편하다

pyo*n.ha.da
方便／舒服

불편하다 bul.pyo*n.ha.da   不方便／不適

Track 148

基本變化

格式體尊敬形敘述句	편합니다.
格式體尊敬形疑問句	편합니까?
非格式體尊敬形敘述句	편해요.
非格式體尊敬形疑問句	편해요?
現在式	편해요.
過去式	편했어요.
未來式	편할 거예요.
否定形變化	편하지 않다
冠詞形變化	편한
假定形變化	편하면

會話

A : 어디로 이사가셨어요?
　　o*.di.ro/i.sa.ga.syo*.sso*.yo
B : 서울역 근처에 이사갔어요.
　　so*.ul.lyo*k/geun.cho*.e/i.sa.ga.sso*.yo
A : 좋네요. 거기 교통이 매우 편해요.
　　jon.ne.yo//go*.gi/gyo.tong.i/me*.u/pyo*n.he*.yo

◆中譯◆

A : 你搬到哪裡了？
B : 我搬到首爾站附近了。
A : 不錯耶！那裡交通很方便。

例句

지하철을 타는 것이 제일 편한 방법입니다.
ji.ha.cho*.reul/ta.neun/go*.si/je.il/pyo*n.han/bang.bo*.bim.
ni.da
搭地鐵是最方便的方法。

편하게 앉으세요.
pyo*n.ha.ge/an.jeu.se.yo
請隨便坐。

史上，最讚的
韓語動詞、形容詞 **309**

필요하다

pi.ryo.ha.da
需要／必要

反義詞

필요없다　pi.ryo.o*p.da　不需要／不必要

Track 149

基本變化

格式體尊敬形敘述句	필요합니다.
格式體尊敬形疑問句	필요합니까?
非格式體尊敬形敘述句	필요해요.
非格式體尊敬形疑問句	필요해요?
現在式	필요해요.
過去式	필요했어요.
未來式	필요할 거예요.
否定形變化	필요하지 않다
冠詞形變化	필요한
假定形變化	필요하면

會話

A : 저기요, 김치찌개로 주세요.
jo*.gi.yo//gim.chi.jji.ge*.ro/ju.se.yo
B : 더 필요한 거 없으세요?
do*/pi.ryo.han/go*/o*.sseu.se.yo
A : 없습니다.
o*p.sseum.ni.da

◆中譯◆
A : 服務員，請給我泡菜鍋。
B : 還需要什麼嗎？
A : 沒有ㄌ。

例句

저는 여러분의 도움이 필요합니다.
jo*.neun/yo*.ro*.bu.nui/do.u.mi/pi.ryo.ham.ni.da
我需要各位的幫助。

여행할 때 꼭 필요한 물건이 뭐예요?
yo*.he*ng.hal/de*/gok/pi.ryo.han/mul.go*.ni/mwo.ye.yo
旅遊時，最需要的東西是什麼？

흐리다

heu.ri.da

陰/混濁

反義詞

맑다 mak.da 晴朗/清澈

Track 150

基本變化

格式體尊敬形敘述句	흐립니다.
格式體尊敬形疑問句	흐립니까?
非格式體尊敬形敘述句	흐려요.
非格式體尊敬形疑問句	흐려요?
現在式	흐려요.
過去式	흐렸어요.
未來式	흐릴 거예요.
否定形變化	흐리지 않다
冠詞形變化	흐린
假定形變化	흐리면

會話

A : 내일 날씨가 어때요?
　　ne*.il/nal.ssi.ga/o*.de*.yo
B : 내일은 날씨가 흐릴 거예요.
　　ne*.i.reun/nal.ssi.ga/heu.ril/go*.ye.yo

◆ 中譯 ◆

A : 明天天氣如何？
B : 明天天氣是陰天。

例句

물이 너무 흐려서 바닥이 보이지 않아요.
mu.ri/no*.mu/heu.ryo*.so*/ba.da.gi/bo.i.ji/a.na.yo
水太混濁，看不見底。

이번 주는 계속 비가 내리는 흐린 날씨였어요.
i.bo*n/ju.neun/gye.sok/bi.ga/ne*.ri.neun/heu.rin/nal.ssi.yo*.
sso*.yo
這週一直都是下雨的陰天。

힘들다

him.deul.da

辛苦／吃力

基本變化

格式體尊敬形敍述句	힘듭니다.
格式體尊敬形疑問句	힘듭니까?
非格式體尊敬形敍述句	힘들어요.
非格式體尊敬形疑問句	힘들어요?
現在式	힘들어요.
過去式	힘들었어요.
未來式	힘들 거예요.
否定形變化	힘들지 않다
冠詞形變化	힘든
假定形變化	힘들면

會話

A : 새 직장은 어때요?
se*/jik.jjang.eun/o*.de*.yo

B : 일이 많아서 좀 힘들지만 집이 회사와 가까워서 좋아요.
i.ri/ma.na.so*/jom/him.deul.jji.man/ji.bi/hwe.sa.wa/
ga.ga.wo.so*/jo.a.yo

◆中譯◆

A : 新公司如何？

B : 事情很多有點辛苦，但公司離家近所以還不錯。

例句

힘들면 나한테 기대요.
him.deul.myo*n/na.han.te/gi.de*.yo
你累的話，就倚靠我吧。

아르바이트는 안 힘들어요?
a.reu.ba.i.teu.neun/an/him.deu.ro*.yo
打工不辛苦嗎？

國家圖書館出版品預行編目資料

史上，最讚的韓語動詞、形容詞 / 雅典韓研所企編

-- 初版. -- 新北市：雅典文化，民102. 05

面；　公分. --（全民學韓語；13）

ISBN 978-986-6282-79-9（平裝附光碟片）

1. 韓語 2. 形容詞 3. 動詞

803. 264　　　　　　　　　　　　102003894

全民學韓語系列　13

史上，最讚的韓語動詞、形容詞

編著／雅典韓研所
責編／呂欣穎
美術編輯／林于婷
封面設計／蕭若辰

法律顧問：方圓法律事務所／涂成樞律師

總經銷：永續圖書有限公司
永續圖書線上購物網
www.foreverbooks.com.tw

CVS代理／美璟文化有限公司
TEL：（02）2723-9968
FAX：（02）2723-9668

出版日／2013年05月

雅典文化

出版社　22103　新北市汐止區大同路三段194號9樓之1
TEL　（02）8647-3663
FAX　（02）8647-3660

史上，最讚的韓語動詞、形容詞

雅致風靡　典藏文化

親愛的顧客您好，感謝您購買這本書。即日起，填寫讀者回函卡寄回至本公司，我們每月將抽出一百名回函讀者，寄出精美禮物並享有生日當月購書優惠！想知道更多更即時的消息，歡迎加入"永續圖書粉絲團"您也可以選擇傳真、掃描或用本公司準備的免郵回函寄回，謝謝。

傳真電話：(02) 8647-3660　　　電子信箱：yungjiuh@ms45.hinet.net

姓名：		性別：	□男	□女
出生日期：　年　　月　　日		電話：		
學歷：		職業：		
E-mail：				
地址：□□□				
從何處購買此書：		購買金額：　　　　元		
購買本書動機：□封面 □書名 □排版 □內容 □作者 □偶然衝動				
你對本書的意見： 內容：□滿意□尚可□待改進　編輯：□滿意□尚可□待改進 封面：□滿意□尚可□待改進　定價：□滿意□尚可□待改進				
其他建議：				

總經銷：永續圖書有限公司

永續圖書線上購物網
www.foreverbooks.com.tw

您可以使用以下方式將回函寄回。

您的回覆，是我們進步的最大動力，謝謝。

① 使用本公司準備的免郵回函寄回。

② 傳真電話：（02）8647-3660

③ 掃描圖檔寄到電子信箱：

　　yungjiuh@ms45.hinet.net

沿此線對折後寄回，謝謝。

廣 告 回 信
基隆郵局登記證
基隆廣字第056號

2 2 1 - 0 3

雅典文化事業有限公司　收
新北市汐止區大同路三段194號9樓之1

雅致風靡　典藏文化